KB269101

임진강을 넘어서

임진강을 넘어서

임진강을 넘어서

이종우 시와 산문집

미래시선 153

미래문화사

자서

　새로운 도약을 위하여 쓰거니와, 시가 추구하는 세계에는 철학과 소
명召命이 있어야 할 것이다. 철학을 통하여 보편성을 지향하고, 소명을
통하여 맑은 샘물 같은 시어를 보여 그러한 정신을 표출해야 할 것이다.
　시는 거듭 말하거니와 여가餘暇가 아니며, 배설이 아니다. 땀에 어려
있는 정성이며 똥이 되기까지 그 삶의 고통이나 환희의 과정을 결집한
것이다. 시가 배설물이라면 시는 아무 쓸데 없는 일이다. 또한 시는 삶
의 여가에서 나오는 한류閑流가 아니다. 치열한 삶의 문제에 고민하고,
존재의 탐구(나는 무엇인가에 대한 해답)에 대한 깊이 있는 세계로 나아갈
때에 시는 생명력을 얻는다.
　비단 한국 시단의 이야기는 아니지만 문학에 존재하는 모든 패거리주
의를 거부한다. 인간의 정신적 상승을 추구하는 세계에 지저분한 인간
성을 결부해서는 안된다. 시인의 교류에는 시의 세계가 있고 그 서정과
깊이와 넓이를 감상하고, 올바르게 격려하는 멋이 있어야 할 것이다.

이 시와 산문집은 그간의 시세계를 정돈하고, 컬럼 등 잡동사니의 산문을 모으고 정리하여 만들었다. 그동안 써 온 미미한 향을 점검 반성하고, 잔잔한 향을 속삭이는 글을 보이고자 하였다. 나아가 대작의 발판을 마련하고자 한다. 부족한 점 많은 질정 부탁드려 마지 않는다. 아울러 미래문화사 편집부에 감사의 말씀을 전하고자 한다.

2012년 2월
중평재에서
이종우

산문

5 인간의 문제

6 교사인권 헌장

시

1

꽃의 노래

·
·
·

가을이 오면 꽃은 노래를 한다
차가운 바람에 날려서
너는 끝으로 가지만
새로움의 시작으로 간다

은하수를 찾아서

어릴 적 저 하늘에 빛나던 은하수는 볼 수 없고
뿌연 연기가 하늘을 가린다.

은하수는 어디로 갔는가
배불러서 눈이 멀었는가
은하수가 멸종 되었는가

파릇한 움의 들풀들은 고운데
은하수도 없고 사람도 없다
세상은 아름답다고들 하는데
사람은 사람이 아니다.

은하수는 고이 잠들었나 보다
은하수 같은 사람들도 사라졌나 보다
삭막한 살이에 쳐다 볼 하늘이 없으니
갈 길 잃은 나그네만 서성이는 이 지상에서
은하수를 찾아서.

새해의 꿈

새해에는 우리의 마음이 맑게 열리어
어두운 그늘에 환한 빛으로 비추고
거리마다 바른 양심이 차고 넘쳐
모두가 행복한 마음의 나날이어야 하느니

새해에는 우리가 물질의 풍요를 바라기보다
우리의 정혼精魂을 살찌게 하여
이웃에게 꼭 필요하고 참으로 베풀 줄 알아
가난하고 소외된 이들의 아픔을 보듬어야 한다.

새해에는 하나뿐인 이곳 지구가 '전쟁의 해'가 아니라
사랑으로 빛나는 해가 되게 하여
그 참혹한 테러와 그 폭탄 세례가 아니라
사랑의 꽃이 뿌려지고 피어나는 나날이 되어야 하느니

새해에는 화려함의 뒷편에 가려진 때를 벗기고
우리 모두 사람다운 사람으로 다시 깨어나서
살기 좋은 투명한 사회의 일원으로 앞서나가
남을 먼저 생각하는 이타利他의 불꽃을 지펴야 한다.

새해에는 일터에서 최선의 땀을 흘려

시들어가는 나무가 소생하여 열매를 맺듯이
어제의 환락과 상처와 응어리와 슬픔을 씻고
순수로 넘쳐 빛나는 터전이어야 하느니

새해에는 윗물이 맑아야 아랫물이 맑듯이
돈이든 권력이든 더 가진 자의 가슴에서
겸허히 비리와 불의의 뿌리를 잘라내어
공평히 살아가는 나라가 되어야 한다.

새해에는 거리마다 골목마다 쓰레기를 치우고
내 마을 정든 고향으로 다가와서
이웃의 아픔과 고통이 우리의 것이 되어
밝은 조국의 내일을 만들어야 하느니

새해에는 혈연 학연 지연을 넘어 서서
이 땅의 모든 이가 제 능력을 발휘하고
즐거이 자신의 일을 다하는
활기찬 터전이어야 한다.

새해에는 정론正論이 빛나고 국민의식이 자라나서
민주의 꽃을 활짝 가꾸고 피워서

아직도 저 동토凍土에서 순박하게 사는 동포들을 위해
통일의 문門 그 빗장을 열 준비를 해야 하고

새해에는 세계시민의 의연한 자세를 갖추고
이 땅에 축제를 펼치어
우리의 의식이 거듭나고 우리의 양식良識이 살아나서
제2의 한강漢江의 기적으로 나아가야 하느니

새해에는 삼천리를 준마駿馬를 타고
한민족 한 사람 한 사람의 벽을 뛰어 넘어
좁고 어리석은 구석에 머물지 않고
무한한 세계를 향하여 나아가야 한다.

새해에는 우리의 마음이 맑게 열리어
어두운 그늘에 환한 빛으로 비추고
거리마다 바른 양심이 차고 넘쳐
모두가 행복한 마음의 나날이어야 한다.

청산아,

늘 보는 청산아
나는 왜 닮지를 못하뇨

그대의 깊은 속에
잠기고 싶은데

청산아, 왜 자꾸 멀어지고
그리워만 하는가.

양식養殖 시대

이 시대
양식 안 하는 것이 있던가

인간마저도 양식하는가
창조없이 사는 이들이 판 치느니.

하루가 어려운 이들에게는 미안치만
나의 이 배부른 노래가.

값 싼 시대에
값어치 있는 마음이 드물어 타령하노니.

숲과 사람

숲은 숲과 더불어 어깨동무를 한다.
숲의 향은 이 산에 그윽하다.

그들은 저 땅속에서도
뿌리와 뿌리를 비비대며
서로를 위해 배려하며 사느니

우리는 제 살이에 바쁘고
더불어 놀지를 모른다.

수많은 거리의 군중은 물론이려니와
친구사이에도
숲 속에 있느니만 못 하느니.

시심을 찾아서

시간이 없다고 시 쓸 시간이 없다는 것은
시정이 메말러서고, 게을러서다
큰 위안을 버리고서 어디서 찾으리.
좋은 친구 옆에 두고 어디서 찾으리.

지금은 전화戰禍가 안방에서 난리인데
시 쓰는 일이 배부른 일인지도 모른다
죽음이 오고 가는 바다의 바람은 알까나
시심을.

세상 바람에는 겨울 끼가 있다.
내 몸이 아니 풀려서인지 봄은 서서히 왔다가
금방 사라지는 듯하다.
화초는 화들짝 피어 지는 날을 기다리는 듯하고
이것이 내 마음이라면 나는 봄에도 겨울과 싸워야 한다.
얼어붙은 마음과 싸워야 한다.

무언지 수상한 나날에는
이 힘 없는 붓대가 살까나
다시 걱정하니
시심은 살거나.

새와 사람

비를 맞으며 새는
숲으로 위태롭게 난다.

한 끼니 새끼를 위해서 일까
비속에서 비상飛翔 연습일까
먼 길 갔다 돌아오는 중일까

비를 맞으며 새는 날았다.
풍상을 이겨내는 투사처럼
검은 하늘을 휘젓고
날개에 스며드는 무게를 이겨내며

그들이 오고가며 그 살이를 하듯이
사람들은 분주히 돌아다니다
인생의 무게를 느끼며 새 날을 또 시작하리

꽃의 노래

가을이 오면 꽃은 노래를 한다
차가운 바람에 날려서
너는 끝으로 가지만
새로움의 시작으로 간다.

너의 흔들림은 살아 있노니
죽음의 노래를 부르지 마라
나에게 들려다오
너의 가슴 저린 숨결을

가을이 오면 너의 새 소리를 듣는다
지난 겨울이 따뜻했듯이
오 너의 모습 그 따스한 소리를 보노니
그대여 들려다오 그대 이 지상의 마지막 말을.

난蘭

그대는 젊은 나그네.
절정을 피우기 어려우니
그대 기다리기 쉽지 않느니
그대의 샛잎만 바라본다.

그대가 벌 때
나는 전율하였느니
그대의 중심을 보았느니
나는 행복했어라.

智異山中에서

골 골짜기 피서 인파人波에도
들리는 건 물소리뿐.

물 위에 산, 그 위에 구름
지리산의 정오正午는 그렇다.

하류쪽인데도
물속의 발은 시리도록 차갑다.
우리의 피 묻은 역사를 말해 주는가.

시린 물소리가
세속을 잊게 해 주고,
산 정기精氣를 싣고 오다.

2

임진강을 넘어서

·

·

·

임진강을 넘어서
동족애로 뭉친 평화의 힘으로
임진강을 넘어서
압록으로 나아갈 길은 머지 않았던가

임진강을 넘어서

삼국통일의 첫 햇불을 지폈던 곳
임진강 근처에서 당군唐軍을 무찌르고
통일의 깃대를 세웠느니
역사는 천 년을 넘게 흘러 이제 남북통일의
장애로 가로 막혀 있는 곳
그간의 아픔을 무엇으로 말하랴.

혈연을 막고 민족의 동맥을 막고
세계로 나아갈 길을 막아서는 곳
임진강을 넘어서
동족애로 뭉친 평화의 힘으로
임진강을 넘어서 압록으로 나아갈 길은
머지않았던가.

인공人工으로 세운 저 철조물들이
닳을 때까지 마음의 기도 닿으면
북녘의 문은 열리리니
어둠의 장막은 깨어나리니
임진강을 넘어서 하나된 우리여
한 세대가 가기전에 새 빛은 일어나리니
그날이 오면은 화려강산 춤추고

이 내 몸 다리 되어 통일의 종으로 살지니

임진강을 넘어서
헐벗은 북녘에 햇살을 비추라
임진강 언저리 통제선을 부셔라
아, 현실은 찬바람에 서슬 퍼래서
도와 줄 나라는 없구나 그러니
우리의 힘으로 서로 만나고 만나서
임진강을 넘어서 압록까지 그래서
한라에서 백두까지 혈액을 돌게 하자
둘 아닌 하나 된 우리로 살자
하나로 거듭나자.

김정일 사망 (2011.12.17)

이제 동토에도
흙 먼지가 날리고, 날리고
따스한 바람이 불겠구나.

갈라진 땅이 합쳐질 날이 당겨졌구나
긴 세월 바라오더니
한 걸음 나아가게 되었구나.

우리는 하나 될 날을 위해
지혜롭게 경영해야 하노니
언 땅에서 꽃이 필 때까지
한 가슴으로 나아가야 하노니

기다리자 서로가 아픈 상처를 싸매고
크낙한 세계로 나아갈
긴 고통의 시간을 갖자꾸나.

잃어버린 고향

이북에 고향을 두고 온 실향민은
철조망으로 가로막혀 있어도
행복하다.

나의 고향은 없다.
어려서 뛰어놀던 고향이 없다.

맑은 시냇가도 사라지고
샘물 흐르던 뒷동산도 사라지고
어릴 적 동무들도 어디론가 흩어지고
펄떡이던 개구리, 메뚜기도 어디로 가고

아, 오수汚水 흐르는 개천
성냥갑 아파트
거리를 메운 낯선 이들
농약에 찌든 벌레가 득실거리는 곳,

이제는 머리 속에만 있는 고향
어이 할까나
흔적없는 고향을

어드메서 찾을고나
고향을 찾아나서야 하는 나그네 되어

임진강역에서

임진강역에서 북쪽 종착역 도라산역으로 가는
마지막 열차는 사람을 태우지 않고
빈 자리로 홀로 갔다가
분단의 옆구리를 휘둘리고 온 손님들을 끌고
임진강역으로 돌아온다.

우리는 저 서울로 갈 수 있어도
오늘 도라산역으로 갈 수가 없다
해가 아직 지지도 않았는데

아니 간들 무엇하랴
겉 포장과 속 내용이 다른 땅에
아직도 우상의 늪에 빠진 모습을 보면
울컥 눈물만 솟을 터인데

괜시리 아픔만 쓸어모아
힘 없는 나의 가슴만 쓸어 내릴 터인데
휑하니 역을 두리번거린다.

미국
- 6·25 동란에 대하여

그네들의 이기체리가
커다란 피를 불러 왔으니
산하山河가 울었다.

지금도 아파하며 울고 있다
휴전 회담때 개성을 포기한
미국은 이남에 대해 할 말이 없는 거다.

그러니 이제 무기 팔이보다
통일을 위해 진정으로
우리를 바라보아야 하나니

오늘도
동양난東洋蘭은 언제
벌 지 모른다.

한강의 일모日暮

저녁무렵 서녘에 붉은 구름 서리고
한강의 다리는 수많은 달을 쏟우네
한강은 살아서 물고기들이 펄떡이고
쓰레기 산은 짙은 녹음으로 다가오네.

흐르는 밤 강물은 어제를 잊지 않고
오늘도 말없이 흐르고 있네
사람들이 북적거리고 휘황한 차량 불빛에도
저만의 비밀을 간직한 채 흐르고 있네.

이 밤 황홀한 정경에
나는 무엇으로 서 있나
이 크낙한 비밀의 속삭임에
나는 무엇으로 화답하나.

저녁무렵 서녘에 붉은 구름 서리고
한강의 다리는 수많은 달을 쏟우네
한강은 살아서 물고기들이 펄떡이고
쓰레기 산은 짙은 녹음으로 다가오네.

실종

마을 뒷산에 스며 살던 음성들은
하늘에 닿은 건물들에 보이지 않고
해맑이 모래는 빛나 멱감던 시내는
시커먼 오수로 물들어

배부름이 더러움을 부르는 시대
그리고 치워야 하는 뒤엉킨 시대.
고향이 없는 아이들은 거친 거리에서
속 빈 마네킹을 사람으로 알고 산다.

헐벗었어도 옛날이 만지고픈 석양 앞에서
내일의 해를 걱정하느니
마을 뒷산에 살던 음성이여
귀를 뚫고 마음을 뚫고 오시라.

웅덩이 앞에서

구름을 낚는다
흐린 웅덩이는 거울처럼
구름을 비추인다.

타고 갈 구름은 자꾸 지나가고
낡아 가는 몸은
어이 땅과 하늘에서 오락가락하나
구름 한 조각에 타지도 못 하고,
구름은 서 있어도
잡히지 않는다.

구름 같은 살이
구름밭에 내 생명의 씨를 뿌려
허무의 덫을 벗어나려나

구름을 낚는다
더러운 웅덩이에 피인
구름을 낚는다
구름은 갈 뿐인데.

피안의 언덕

해는 구름에 가리우고
억새가 서걱이는 산길
가보지 않은 길에는
건널 수 없는 강이 있었네

세상 고통을 훨훨 털고
살아있는 자의 아픔을 뒤로 하고
저 편 언덕에
가야만 하는 길이 있었네

사는 것이 문제려니
오늘이 소중한데 빠르게 지나가고
가슴속에서 우러나는 웃음 조각도
아니 나오는데

해는 서산 허리에 걸터 앉아
또 내일을 예비하고
이 살이가 무어냐 묻는
하소연이 애닯네.

겨울 통증

허리가 아프다
약을 먹고 쿨파스를 붙인다.
통증이 사라진 듯하여
가 보고 싶은 임진각에 간다.
날씨는 차갑고 고요한데
강은 신음하고 있다.
그 질긴 세월의 아픔
분단의 통증이 다가온다.
허리가 아파 온다
나만의 고통인가.
겨울 산하山河에 약을 먹일 수도 없다
잿빛 통제선에 쿨파스를 붙일 수도 없다.
먹어도 붙여도 소용없는 요통
내 몸이 조국이 되누나.
겨울의 한낮 속에서
아픔에 함께 떨고 있다.
아픔은 언제 멈추일 것인가
이 내 몸은 곧 나으리라.
그러나 임진각 언저리는
긴 세월을 아파해야 하리.

3

만추의 여행

·

·

·

낙엽이 막 떨어진다
저마다 사랑 이야기를 쏟으며 진다
이 순간의 여행이
다른 세계에 닿는 찰라이어니

낙엽

낙엽을 밟지 마라
찌든 문명이 준 고통으로 살다간
영혼의 잔해.
우리네와 같거니
고운 빛으로 쓰러져간 낙엽을 밟지 마라.

낙엽을 함부로 쓸지 마라
고해苦海를 헤치며 살다간
영혼의 잔해.
우리네와 같거니
하찮은 쓰레기로 보아 함부로 쓸지 마라.

낙엽을 밟으며

살아있는 영혼을 밟는다.
갈 길을 누르는 나.

누군가 나의 혼을 짓누르지는 않는가.

내 혼은 자유이어니
구속치 마라

가 보지 않은 세계를 그리나니.

낙엽을 다시 만나며

낙엽을 다시 만나니
한 해가 또 기울어 가는구나

너는 샛잎이었는데
새로운 세계로 가는구나

이 몸은 늙어 갈수록
그대의 뒤 발자욱만 쳐다보니

내년 샛잎에게 일러주오
그대가 간 곳을

만추晚秋의 여행

낙엽이 막 떨어진다.
저마다 사랑 이야기를 쏟으며 진다.
이 순간의 여행이
다른 세계에 닿는 찰라이어니

나는 지금 어느 나무에 붙어살까
그리고 어떻게 살아가나
언제 저 낙엽처럼
새로운 세계에 닿으려나.

낙엽은 돌아갈 고향이 있는 양
누런 날개를 퍼덕인다.
낯설은 사람들은 그들을 쓰레기로 보나
나는 그들의 빛을 바라본다.

헤아릴 수 없는 혼들이
온 땅에 난리다.
누가 누구를 위로하는지 모르면서
긴 여행을 간다 만추의 여행을.

울고 있는 벗에게

사는 것은
안으로 우는 것만은 아니리

대명천지 갈대숲에서
한으로 품고
속으로 울기만 하여
내일 햇볕 쪼이려나

가고 가야 할 길
어두운 길 엎어진 길에도
빛을 그리고

울고 있는 벗에 다가가
나의 가슴 보이며 말하리
헐벗음과 욕망은 가을 낙엽과 같이
떨구고
청정 하늘 보세나

사는 것은
가끔 힘들어도 울지 않고

언제 어디서나 꿋꿋이 하늘에 기대는
구름의 향연.

시와 밥

밥 없이는 살아도
나는 시 없이는 못 산다.

굶어 죽어도
종이와 펜만 다오

너와 나 사이의 벽이
벽이 살아 있어도

시는 벽이 없느니
시는 벽이 없느니

내가 죽어도
시는 죽지 않느니.

가을을 보내며

저 강물은 흘러 갈 곳이 있다지만
우리네 어디로 흘러 갈 것인가.
북망은 말이 없이
오늘을 건강히 살라 말하는가.
낙엽은 뒹글어 흙으로 돌아 가는데
우리네 육신은 그렇다치고
우리네 혼은 어디로 갈 것인가.
우리네 혼이 영원하다면
저 산사山寺가 부르리라
저 십자가가 부르리라.
가을이 가면 알 수 있으려나
우리네 인생 끝.
늘 기도의 끝은 알 수 없는
의문의 덩어리로 남는다.
우리네 존재여, 가을을 보내며
너를 찾는다.

사람

사람은 하나님을 닮았단다
근데 제 멋대로 산다
하나님의 큰 은혜를 잊고
제 맘대로 산다.

사랑도 모르면서 사랑을 팔고
배 불러도 배 부른지 모르는
가련한 혼들
회개의 밭으로 갈지니.

기도

오늘도 기도를 합니다.
아픈 몸을 이끌고
기도를 합니다.

또 다시 참회하고
쑤시는 몸을 씻은 듯 나서 달라고
이기적인 기도를 합니다.

그러나 숱한 기도 속에서 이 몸 하나를 위해
간절히 바라옴은
당신께옵서 아시듯이

이 조그만 몸에 힘을 주심이
만복의 근원임을 아심과 같이
애쓰는 기도를 합니다.

오늘도 기도를 합니다.
지은 죄를 다시 고백하면서
아픈 몸으로 기도를 합니다.

어디에 서 있는가

가슴이 따스한 이에게도 외로움이 있다.
기도 뒤에 다가오는 허무함이 있다.
이기에 가득 찬 동무도 있고
뜨거운 가슴 주고 싶은 헐벗은 이들도 많다.
내가 있음에 온갖 것이 존재하고 있음에
나는 또 묻노니, 나는 어디에 서 있는가고.

의문

강물은 바다로 가고
우리네는 흙으로 간다
바다는 무엇인가 흙은 무엇인가.

이 세월 흐르고 흘러
하늘에 닿으면 풀릴거나

오늘 쌓인 피로를 어두운 골방에 풀어 놓는다.

4

인생을 즐기라

·

·

·

인생을 즐기라

그대 웃을 때에도

그대 울을 때에도

그대 잠 못 들 때에도

인생을 즐기라

기다림

어머니의 살이가
고생 밭이었다.

나도
그 길을 가고 있다.

만나고 싶다 어머니
살아계시겠지
천국에서.

아이 웃음처럼만

세상의 놀이에 멀직히 서고 싶다.
아이 웃음만 못한 이 세상 놀이

내가 아이로 돌아갈 수 없으니
아이 웃음만 보게 되누나!

무언가 남길 것이 있다면
하늘의 선물로 여기면 되고

아이 웃음만 못한 살이
남이 살아주지 못하니

나의 살이 아이 웃음처럼만
살고 지고.

인생을 즐기라

인생을 즐기라
그대 웃을 때에도
그대 울을 때에도
그대 잠 못 들 때에도
인생을 즐기라

영화를 보는 듯이
소풍 갈 적의 마음으로
없으면 없는 대로
있으면 있는 대로
인생을 즐기라

한 평생 입에 풀칠하고
한 벌 옷을 걸쳤어도
푸른 하늘 바라보면서
그대 마음 다스리어
인생을 즐기라

산수는 말없이 지내며
바위는 깎이는 대로 보내고
천 년 노송은 모진 세월 이겨내고

역사는 말하노니,
인생을 즐기라.

돈에 대하여

돌고 도는 돈아
벌 만치 벌었고
쓸 만치 썼는데
돈은 싫더라.

친구에게 뜯기고
기집에게 뜯기고
거리에 뿌렸어도
후회는 없어라.

돈은 돌고 돌아라
돈에 걱정하지 말지니
돈은 늘 그대의 호주머니 속에
있으려니

돈에 목매이지 말고
그대의 가슴에 손을 얹고
내일의 밝은 햇살을 기다릴지니
내일은 새날이 비추어 오노니

비석

너무 빨라 어지러운 세상
그대의 중심을 세우라
그리하여 올곧게 서서
이 허황한 거리에 부는 바람을 재우고
그대의 비석을 세우라.

건강을 위하여

오늘도
새 아침이 고운데
이 몸은 무겁기만 하다.

성냥갑 아파트에 살면서,
차車만 끌고 다니며 운동 실종이니
아침의 위대한 모습을 잊을 수밖에.

저 숲은 나의 어리석음을 잘 알고 있다.
저 강은 나의 속좁음을 잘 알고 있다.
아침부터 그대들을 망각하기에.

모든 것이 헛되다고 외치기만 하지
허무의 자락도 못 만지며
무거운 아침을 맞는다.

결의

더불어 사는 삶을 체득하기까지 긴 시간이 필요했다.
나눔도 모르고 사랑만을 그리워했다.
이 지상의 수상한 짓거리에
눈 감고 지내 왔으나
이제는 붉은 먼지 날리는
험한 거리를 못 본 척 못하겠느니!
인간은 사고思考의 동물,
나의 전신은 진화해야 한다.

가르치고 배움에 부족하여
먼 길을 떠난다. 더불어 살고
나누며 살고
진실한 사랑을 찾아서
남은 목숨을 던져야겠다.

아내

늘 고생만 시켜왔다.
늘 걱정만 주어 왔다 이 나이 들도록.

새파란 나이에 만나서 이제
인생의 잎새에 물이 들기 시작할 때까지
일 밖에 모르고 살아온 아내에게
행복 주려 노력하였나 반추한다.

한때의 기쁨은 떨어지는 낙엽,
나는 늘 미안함 속에 살고 있다.

오늘은 아내에게 바람 막아줄 스카프 하나 사야겠다.
내일의 환희를 위하여
내일의 안식을 위하여.

막달라 마리아의 사랑초抄

썩은 몸을 막아 주고
마음을 씻어주고
구원의 혼을 주었으니 그것도
함께 살아있는 그를 어찌 사랑하지 않았으랴

전재산 한 번 향유로 뿌리고
온몸으로 불살라도
아깝지 않은
축복 받은 여인이여

그런데 십자가에 대신
달릴 사랑의 힘은
아예 없었던가 그래도
생때 한 번 쓰지 않았을까

그러함에 껍질만 거의 남은 이 시대
마리아를 팔아 이용하며 사는 이 많으니, 아
오늘 밤하늘 아래 붉은 십자가는 별만큼 넘쳐도
세 치 혀 말만이 흐르고 있다.

사랑타령에 대하여

서민들은 사랑이 낙이다
갖은 자도 사랑 없인 낙이 없다.

본능을 어찌하랴
그래서 유행가는 사랑 일색이다

사랑타령 좋다
전쟁속에서도 사랑은 피어났으니까

그러나, 사랑을 빛내게 할
보석같은 참마음이 있어야 않나.

다시 한번 열정이여

나무들이 다 타버린 후
불씨도 다 사그러들고
따스한 기운도 사라진 잿더미에
다시 사랑의 불을 지필 수 있다면

세월의 저편 아스라이 보이는 나의 언덕에
꽃이 피고 부활의 향이 오르는 꿈길에서
날으는 새와 같이 사랑의 하늘을 바라보면서
그대와 같이 사랑의 동산을 만들 수 있으랴

열정이여 다시 한번 피올라
다 사그라진 마음 살리고
새로운 세상을 펼칠 날들이여
서서이 오라, 사랑의 길을 밟고.

1

바람은 바람의 마음으로

.
.
.

바람이 분다. 살아봐야겠다 – 고
한 당신의 말 그대로
바람이, 바람이 분다

옷과 밥과 자유

김소월金素月 1902~1934

공중에 떠다니는
저기 저 새요
네 몸에는 털 있고 깃이 있지

밭에는 밭곡식
논에는 물벼
눌하게 익어서 수그러졌네!

초산楚山 지나 적유령狄踰嶺
넘어선다
짐 실은 저 나귀는 너 왜 넘니?

-서도여운 西道餘韻

소월은 우리의 전통적 정서에 접맥되는 한恨의 시인으로 알려져 있고, 향토적 정감과 민요적 율조를 잘 드러낸 시인으로 지금도 널리 사랑받고 있다. 그러나, 그는 시에서 언뜻 보이지만 매우 어려운 삶을 살았고, 비극적 삶을 살았음을 아는 이는 적은 듯하다. 그는 33세의 젊은 나이에 자살로 생을 마감했다.

그의 시 〈초혼〉에서 보이는 처절함은 그의 삶을 예감적으로 보여주는 듯하고, 익히 애송되는 〈산유화〉 〈진달래꽃〉 등은 우리의 정서를 승화시켰다.

　그는 말년에 현실의 고통을 노래했는데 이 또한 잘 알려져 있지 않다. 위의 시에서 보듯 '새'처럼 자유롭고 싶고, 들판을 보며 느끼는 현실의 생계 문제 인식, 어디론가 가야 하는 궁핍함을 이 시는 보여준다. 그러나 그가 현실을 뼈저리게 체험하고도 그것을 극복하지 못함은 그의 인간적 한계이며 그래서 아쉬움을 남긴다. 그가 어려움을 극복하고 새로운 시 세계를 보여주었다면 우리의 시사詩史가 밝았으리. 그는 어쨌든 지난 한국인의 삶을 단적으로 보여주며, 시로 성공한 민족시인임을 더 말해 무엇하겠는가. 그가 우리에게 정서적으로 끼친 영향은 크고, 그의 시는 늘 우리 곁에 남아 있으리.

북청北靑 물장사

김동환金東煥 1901~?

새벽마다 고요히 꿈길을 밟고 와서
머리맡에 찬 물을 쏴아 퍼붓고는
그만 가슴을 디디면서 멀리 사라지는
북청 물장사

물에 젖은 꿈이
북청 물장사를 부르면
그는 삐걱삐걱 소리를 치며
온 자취도 없이 다시 사라진다.

날마다 아침마다 기다려지는
북청 물장사

그들 북청 물장사들은 누구를 위해 새벽에 물을 길어 팔았던가. 그들의 자식을 위해, 그것은 곧 이 나라 근대화를 위한 투자라 볼 수 있겠는데, 지금 이 시대는 그러한 마음으로 새벽을 깨는 북청 물장사의 부지런함으로 살아야 하리라.

또한 이 시의 시원한 이미지는 가슴을 파고든다. 지금 이 땅에 고생하며 사는 이들이 어둠에서 희망을 잃지 않고 자식을 위한 정성으로 이어갔으면 하고, 검지 않은 맑고 투명한 사회가 되었으면 좋겠다.

돌아와 보는 밤

윤동주尹東柱 1917~1945

세상으로부터 돌아오듯이 이제 내 좁은 방에 돌아와 불을 끄옵니다.
불을 켜두는 것이 너무나 피로롭은 일이옵니다. 그것은 낮의 연장이
옵기에---

이제 창을 열어 공기空氣를 바꾸어 들여야 할 텐데 밖을 가만히 내다
보아야 방안과 같이 어두워 꼭 세상 같은데 비를 맞고 오던 길이 그대
로 비 속에 젖어 있사옵니다.

하루의 울분을 씻을 바 없어 가만히 눈을 감으면 마음속으로 흐르는
소리, 이제, 사상思想이 능금처럼 저절로 익어가옵니다.

우리 민족이 어둠 속에 있을 때 마지막 시혼詩魂의 등불을 밝힌 윤동
주. 그는 지성인으로 일제 강점기의 현실을 부끄러워하고, 자아성찰과
저항적 자세를 견지했던 몇 안 되는 민족시인으로, 일본 교토에서 불령
선인不逞鮮人으로 체포되어 후꾸오까 형무소에서 그 젊은 생애를 마감했
다. 그러나 그의 시비詩碑 앞에는 아직도 헌화가 줄을 잇는다 하니 그의
민족혼의 향과 생명을 느낄 수 있겠다.

이 시에서 그는 〈세상〉과 〈내 방〉을 대조하여, 일제 강점기의 세상을
어둠으로 인식하고 현실을 거부한다. 그 의미가 1연에서 잘 드러나고 있
다. 낮의 분별을 통해 〈낮〉을 거부하는 것은 그의 일관된 인식이고, 밖
과 방의 〈공기〉를 환기하려 해도 밖의 공기는 오염된 공기임을 감지하

는 현실인식이 돋보인다. 또한 3연 '하루의 울분을 씻을 바 없어'는 민족주의적 모습과 자기를 돌아보는 성찰을 잘 보여준다. 능금처럼 익어가는 그의 사상思想이 그의 시 곳곳에서 잘 드러나듯 〈한국의 자주독립사상〉이라 해도 지나치지 않으리라 보며, 이는 21세기 현재에도 필요한 사상이요 정신이라 본다.

사랑 초서草書

김남조金南祚 1927~

1
사랑하지 않으면
착한 여자가 못 된다
소망하는 여자도 못 된다
사랑하면
우물 곁에 목말라 죽는
그녀 된다

9
오늘은 사랑이 내 인격이다
아니, 모든 날에
사랑이 내 인격였다

43
사랑은 귀한 능력
내겐 그 힘이 없다고
허공에 항서降書쓴다
오늘
다른 진실은 없다

사랑은 어느 시대이건, 어느 사회이건 소중한 일임에 틀림없다. 그것
이 하나님에의 사랑이건, 혈육에 대한 사랑이건, 남녀간의 사랑이건 인
간이 풀어야 할 영원한 명제이리라. 또한 사랑 없이는 이 하나뿐인 지구
상은 어둠이요 혼란이라면 지나친 말일까.

　이 시는 김남조의 시집《사랑초서》(1974) 102편 중 3편으로, 사랑의 소
중함과 죽음에 비견되기도 하며, 나의 〈인격〉이기에 그만큼 진지하고,
귀함이고, 진실임을 체험을 통해 잘 보여준다. 사랑에는 국경이 없으니
이 글로벌 시대에 화약내 그만 그치고 이 세상이 참사랑으로 가득 넘쳤
으면 하는 바램이다.

서초동 참새

김양식金良植 1931~

서초동에는 참새밖에 없다
매우 눈치 빠르고 잽싼 참새밖에 없다

날이 밝을 무렵부터 해질 때까지
그렇게 온종일 서너 마리씩 몰려다니며
눈치껏 요리조리 먹이를 찾는다

서초동에는 앞산도 뒷산도 다 있지만
왠지 이름 모를 산새 한 마리 찾아들지 않는다

차마 돈과 시멘트, 그 퀴퀴한 냄새로 팽배한
문제의 8학군에 끼어들지 못해서일까
둥지값도 서초동 치솟는 집값에 못지 않아
함부로 둥지 틀 수도 세낼 수도 없어서일까

다만 눈치 빠르고 잽싼 참새만이
용케도 어느 구석인지 전혀 공짜로
비벼대고 들어앉아 새끼를 친다
희한한 서초동의 밤말 [夜話]을 들으며―

시인 김양식은 오랫동안 한국과 인도의 문화 교류에 기여해 오고 있다. 이 시는 '서초동 참새'를 통하여 물질 문명에 찌든 현실을 비유적으로 비판하고 있다.

순수한 산새는 오지 아니하고 이익 앞에 '눈치 빠르고 잽싼' 참새만이 둥지를 틀고 새끼를 키우며 희한한 삶을 산다고 시인은 현실을 바라보고 있다.

이 현실은 언제 바로 잡힐 것인가. 이것이 서초동만의 일은 아닌 듯싶다.

바람은 바람의 마음으로
-발레리에게   오규원吳圭原 1941~2007

바람이 분다, 살아봐야겠다-고 한 당신의 말 그대로
바람이, 바람이 분다.

허나 인간인 당신에게는 인간인 다른 사람들에게 한 말과
마찬가지로밖에 할 수 없음을 용서하시라.

바람이 분다. 보라, 그러나 바람은 인간의 마음으로 불지 않고
미안하지만 바람의 마음으로 바람이 분다.

바람을 존재로 인식한 것은 시인의 뛰어난 감성이다.
산뜻한 바람이 불어 이 삶을 살아보겠다고 한 프랑스의
시인 P. 발레리의 시구도 존재 인식과 직관을 보이고 있다.
시인 오규원은 존재인식과 본질에 대한 추구를 통해
'바람은 바람의 마음으로 분다'고 감지하고 있다.
모든 사물이 마음이 있다고 하면, 겸허히 존재를 바라보고
깊이 있게 천착하는 것은 시인만의 일은 아닌 듯하다.

내가 기억하는 당신은

정힌톤 1958~

내가 기억하는 당신은
가진 것이 많지 않으면서도
무엇이든지 베풀려 하고
닫혀진 마음을 열게 하는
신비로움을 가진 당신입니다

내가 기억하는 당신은
교만하지 않으면서 자신감에 넘쳤고
눈치를 보지 않고 옳은 일이라면
소신껏 하기를 즐겨하던 사람입니다

내가 기억하는 당신은
현명하고 지혜로와서
내가 늘 등을 기대고 싶었고
당신 가슴에 얼굴을 묻고
고해성사라도 하고픈 포근한 사람입니다.

내가 당신을 생각하면
머리로만 살다가도
가슴으로 살고 싶어집니다.

　정힌톤 詩人은 미국 오스틴에 있는 양로원에서 사역하는 섬진강 출신
의 목회자이다. 그는 고국에 대한 사무치는 그리움을 시로 쓰면서 왕성
한 활동을 하고 있다. 텍사스 감옥에서 목회를 하는 흑인 남편과의 사랑
의 노래도 있는데 인상적이었다.

　이 노래는 참으로 만났거나 만나고픈 사람을 그리고 있다. 베풀려 하
고, 열린 마음을 갖고, 의롭고, 기대고 싶고, 가슴으로 살아있는 사람이
그런 이인데, 세상이 이런 사람들로 가득 찼으면 한다.

2

의식이 살아야 나라가 선다

·
·
·

의식이 앞서지 않고는 이제 더 이상
이 땅은 나아갈 수 없으며
〈배부른 돼지〉에 만족해서는
선진국민이 될 수 없다

인성人性 교육 어디에 있나

가뭄이 심하여 논들이 타들어 가서 모종이 말라 갈 때, 농부의 마음은 얼마나 속이 타고 아프겠는가. 이때 단비가 내리면 얼마나 좋으랴. 우리의 교육을 저 말라 가는 논에 빗대면 교육에 대한 지나친 우려일까.

학생들을 밤 10시까지 붙잡아 두고 강제로라도 공부를 시키려는 학교가 있는 반면에, 학교 일과 시간 동안 겉으로는 인성교육에 충실한다며 학과만 끝나면 귀가시키고 자율에 맡기는 학교도 있다. 이것은 자칫 학생에 대한 방기放棄일 수도 있다. 그리고 이런 학교의 학부형 대부분이 그 학교를 좋아할 리 없다. 이러한 사실도 실은 작은 문제는 아니다. 학부모의 인식도 바뀌어야 한다. 아이들을 학교에 보내놓고 학교에서 아이들의 생활까지 떠맡아 주길 은근히 바라는 것이다. 이는 부모로서의 역할을 학교에 떠넘기는 꼴이다. 교실 사태는 학교마다 각기 다르겠으나 인성 교육에 초점을 맞추어야 그들에게서 무엇인가 기대할 수 있다. 우리의 인성 교육, 〈사람다움〉의 교육은 강화되어야 함에도 자꾸 멀어져 가는 듯하여 안타깝다.

아침 일찍 등교해서 밤이 되어야 집으로 가는 학생들은 그만큼 탈선의 소지가 줄어들고, 공부하는 습관도 붙게 마련이라고 하지만 과연 그들은 학과의 몰두로 성적을 높일지는 몰라도 두루 원만한 민주 시민으로 성장하리라고는 믿기 어렵다. 대학 입시에 쪼들리는 학생에게서 경쟁과 적자생존의 문제가 주된 과제이지 이웃 사랑, 이해와 자유 정신을 지닌 인간상을 찾기란 대체로 어려운 일이 아니겠는가. 또 해가 저물기도 전에 학생들이 교문을 나서면 그들이 집이나 도서관이나 학원에서 실력을 키우기보다 친구와 어울려 놀기에 바쁘니 탈선하기도 쉽고, 그 많은 시간을 독서 등 자기 수련과 실력 향상에 쏟으리라 기대하기도 쉽지 않다.

그렇다면 우리의 교육 방향은 어떠해야 하겠는가. 뾰족한 방법은 없으나 인성교육을 강조하여야 하고, 교육과정도 그런 방향으로 가닥을 잡아야 한다. 여기에는 시간時間과 노력努力과 인내忍耐가 필요하다. 그런 의미에서 교육과정의 외면적 변화가 중요한 것이 아니고, 교실에서의 그 실천이 진실로 소중하다. 또한 입시 제도의 정립을 비롯한 한국의 교육 제도를 총체적으로 개선하지 않으면 한국의 내일은 없다. 그만큼 어렵다.

그런 의미에서 학교 시스템은 인성 교육과 상급 학교 수학능력 향상 모두에 충실할 수 있도록 바뀌어야 한다. 다시 강조하거니와 필자의 지론인 유치원 교육의 공교육화에서부터 각 교육기관들이 동시다발적으로 다시 시작해야 한다. 그러기 위해서는 교육 환경의 지속적이고 효율적인 개선, 교원의 1년간 유급 연수 등 교사의 질적 향상 도모와 아울러 충분한 보수 그리고 자긍심의 회복 노력 등 교사에 대한 획기적 우대법이 제정되어야 할 것이다. 여러 요인이 작용하겠으나, 인식의 전환, 유치원 공교육화, 교육 환경 개선, 교사의 자질 향상과 우대 등이 실현되면 우리의 내일은 분명 있다. 인성 교육에의 투자는 가장 효과가 늦게 나타난다는 의식에서 벗어나, 가장 효율적인 것임을 알아야 한다.

사람을 만드는 교육은 배우는 이들이 사람답게 올바로 배울 때 가능하며, 그들이 언젠가 배운 바를 실천할 것을 간절히 소망해야 한다. 이는 보다 나은 사회를 기대할 수 있는 유일한 통로임을 잊어서는 아니 된다.

분발하라, 교육계여.

절실한 유아교육幼兒敎育

자원資源이 없는 나라에서 현재의 우리 모습으로 되기까지에는 여러 변수가 있겠지만 〈교육〉의 힘이 컸다고들 말한다. 그러한데 이제 우리의 교육이 무너지고 있다고 하는 것은 어찌된 일일까.

과거에는 교육 여건이 좋았는데 지금은 나빠졌다는 것인지, 학생이나 교사 또는 교육 관계자의 질質이 하향되었다는 것인지 그 엉킨 실타래를 푸는 일은 쉽지 않은 듯하다. 그러함에도 이제 우리 교육의 내일을 새로이 생각하고, 올바른 방향을 모색하지 않는다면 교육의 발전은 기대하기 어려우며, 그 한계에 이르리라 본다.

우리의 교육을 다시 세우는 일은 모든 교육기관이 동시다발적으로 해야 할 일이지만, 무엇보다 먼저 손을 써야 할 것은 대학 입학 제도, 중등학교의 교육과정 등이 아니라, 최근 정부에서도 밝힌 바 있듯이 '유치원 교육의 공公교육화'에서 출발해야 한다. 요즈음의 어린이들은 TV매체, 컴퓨터 등에 노출되어 있어 영리하기도 하지만 〈보는 문화〉에 익숙하여 사고하기를 싫어 한다.

지금 유아교육을 제대로 하지 않으면 이 나라 교육은 겉돌기 쉽다. 대학에 지원하는 예산의 일부를 유아교육에 투자하여 그 결실이 더디더라도 20년 후의 우리 교육을 생각해야 교육의 미래가 있고 한국의 미래가 있다. 교육은 하루 아침에 이루어지지 않으며, 몇 명의 교육 관료의 손에 의해 이루어지는 것이 아님을 상기해야 한다. 아니 교육에 관계하는 모든 사람들은 명리名利를 내세워서도 생색을 내서도 안 된다. 우리가 선진국으로 진입하기 위해서는 늦었지만 이제부터라도 유아교육에 온갖 정성을 기울여야 할 것이다. 유치원의 공교육화로 우리 어린이들이 어려서부터 보다 올바른 가치관을 갖고 사회의 정의에 동참하는, 성실한 인간으로, 창의력과 사고력을 갖추고 상식常識이 통하는 교양 있는 시민으로서, 아니 어디에 내놓아도 부끄러움 없는 세계시민으로서의 자질을 함양涵養시켜야 한다.

우리 어린이들이 산수 한 문제, 영어 단어 하나 더 알기보다 앞서 언급한 바, 인간미 넘치고 정의롭고, 진리를 사랑하고 창의적인 것을 사랑하는 사람이 되도록 인도해야 한다. 교육은 〈백년지대계〉임을 우리 국민은 잊지 않고 실천해야 하며, 이것이 우리 한국이 정신적이든 경제적이든 선진국으로 갈 수 있는 유일唯一한 통로라고 인식하기 때문이다.

교육이 환경을 살린다

군포시는 수리산修理山 자락을 중심으로 잘 이루어진 쾌적한 도시이다. 반면에 수도 서울을 비롯한 대다수 수도권 도시들은 무분별한 개발과 환경 오염으로 도시의 빛이 바래가고 있다.

산山이 국토의 약 70%를 차지한다면 우리들은 이제라도 산을 밀어내어 사납게 하지 말고 산을 활용하면서 진실로 자연과 친화하며 살아야 한다. 그런데 지금 우리는 자연의 가슴을 도려내며 살고 있다 해도 틀리지 않다. 수많은 달동네, 그 곳에는 나무나 숲은 드물고 집으로 사람으로 가득 차 있으며, 거리는 매연과 먼지로 차고, 하수구와 개천은 물론 강江도 오니汚泥로 가득하니 우리의 금수강산은 이제 이름만 남았다 해도 지나친 말이 아니다.

이제 이 땅이 사람이 살기에 쾌적하고 아름다운 마을로 만들려면 얼마나 많은 노력과 비용이 들지 모른다. 필자가 보기에는 그 옛날 공해 없던 살기 좋은 금수강산으로 우리의 산하山河를 되돌리려면 아마도 그동안 우리가 벌어온 돈을 다 들여도 어려울 것이다. 그래서 이제 우리는 환경 공학은 물론 관련 업체에 중점적 투자를 해야 할 때가 오고 있다고 생각한다. 자연을 살리는 길이 통일 비용을 줄이는 일이다.

최근 환경부 장관은 〈환경과 통일의 조화〉를 강조하였으나 우선 선결先決해야 할 것은 우리 스스로가 최소한 북한 정도의 자연 환경으로 만들어 놓는 일이다. 그것은 통일 비용으로 충당할 수도 있을 것이다. 무엇보다 보다 신중한 개발과 환경의 조화를 염두에 두어야 할 것인데, 이러한 문제를 심각하게 두루 살피는 건축가가 드문듯하다. 건축에 관련

하는 모든 이들이 환경 친화를 최우선으로 고려하여 그들의 철학哲學을 정립해야 할 것이다. 그래서 한결같이 비슷한 집만을 양산하지 않고 그곳에 있는 자연환경을 충분히 반영해야 한다.

이 땅의 미를 살려야 한다. 금수강산을 되찾아야 한다. 그래서 교육에 대한 투자는 절실하며, 잘못되어진 개발이나 계획을 고쳐 나가야 한다. 홍콩의 경우 좁은 땅도 잘 활용하여 자연과 연결된 건물을 세우는 모습을 보았는데, 우리에게는 양식良識있는 건축가, 감리사 그리고 성실한 건축 노동자들이 필요하다. 그들이 해야 할 일은 또는 시정해야 할 일들은 너무도 많다. 새로운 세대에게는 환경 우선의 중요성을 일깨워야 한다. 우리의 자연 환경을 지키고 보다 나은 세계로 나아가기 위해 교육 투자야말로 최소의 투자로 최대한의 이익을 가져다 주는 길임을 상기해야 한다.

고교 평준화의 문제

일찍이 서울을 비롯한 여러 지역에서 시행하고 있는 고교 평준화는 대체로 긍정적 측면이 크지만, 학생 전반의 실력이 하향 평준화되었다고들 하기도 한다. 잘 아시다시피 지역에 따라서는 편차가 크게 나타나기도 하여 서울의 경우 강남이냐 강북이냐 그 위치에 따라 학교의 질質이 다르다. 그래서 대학 진학률이 높은 8학군으로 이사 가는 등의 현상이 존재하고 있다. 그것의 여러 요인 중, 학교 외부적 환경의 차이와 또 학교마다 다른 향학 의지를 들 수 있는데 이들이 대학 진학률 차이를 이끄는 것이다. 이는 고입 자유 경쟁에 의한 선발 제도에서 볼 수 있던 문제의 하나인 학교 간 서열화에 버금가는 문제로 볼 수 있다.

그러한 가운데 영재 교육을 표방, 외국어 고교나 과학 고교 설립이 허가되어, 겉으로는 세계화와 과학 입국을 내세우지만 이것은 사실 평준화 중에 특수학교의 길을 연 것이며, 우수 학생을 편중케 하는 것이다. 물론 영재 교육 자체를 부정하는 것은 아니다. 다만 그러한 학교의 설립 목적을 학생들에게 충실히 알려주고 학교의 특성을 살리며 그들의 미래를 키워야 하는데, 대학 진학에 좋은 결과를 가져올지는 몰라도 그들의 전공專攻을 살려 외국어 담당을 위한 일꾼으로, 이 땅의 미래 한국 과학을 꽃피울 과학자로 커 가고 있는지는 의문이다. 그들 다수의 학생이 전공과는 다른 방향으로 대학 진학을 했다면 결국 교육 낭비라 비난받아 마땅하다.

평준화가 획일화를 의미하는 것이 아니다. 올해 고등학교 입학부터 안양을 비롯하여 군포, 의왕, 과천 등 안양권에 평준화 제도가 도입되는

데, 문제는 경기도 교육청이 평준화 정책의 연구와 시안을 마련하고 여러 차례 공청회를 걸쳐 좋은 새 책을 마련했다하더라도 평준화 이전에 보다 면밀히 각 학교의 특성을 살리고 구체화하면서, 교육 환경의 평준화가 선행되었어야 한다. 우리의 현실을 보라, 교육 환경이 열악한 학교가 한둘이 아니다. 교육청이 마련한 〈평준화 지역 학생 배정 방안〉을 보면 한국 교육개발원 등 연구 기관과 공청회를 통해 보다 공평한 배정에 대한 노력의 흔적이 있고, 그 배정 방법이나 그에 따른 역기능을 최소화하려는 면도 보인다. 그러나 우려되는 것은 1,2차 배정에서 보듯 선지원 후 추첨 배정과 근거리 학교 배정이 근간이 되고 있는데, 학부형들은 그 동안 좋은 학교로 인식되던 학교로 보내기 위해 여러 방도을 쓸 가능성이 있다. 이제 평준화의 폐해를 최소화하고 앞에서 언급했듯이 교육 환경의 차이를 줄이면서, 우열의 차를 줄여나가는 것이 지속적으로 필요할 것이다.

우리나라의 의무 교육은 청소년에게 훌륭한 시민의식을 가진 민주 시민을 키워주는데 실패하고 있다. 이것의 연장延長도 문제요, 고교 평준화로 성적 차이가 현저하기 마련일 텐데 이러저러한 학생들이 뒤범벅이 되었을 때 수준 있는 학습이 되기 어렵고, 교사는 그 가르치는 수준을 어떻게 할 것인가에 대해 난감해 하고 있으며, 이는 곧 하향평준화를 의미하고 이것이 사교육비를 증가시키는 요인이라고 본다. 즉 부실한 공교육은 열심히 공부하려는 학생들을 사교육으로 몰아 갈 것이다. 그렇다면 이 문제를 어떻게 풀어나갈 것인가. 우리 사회는 〈창조적 소수少數〉의 깊은 학식뿐 아니라, 성실하고 양심이 살아 있으며 질서를 지키는 시민의식을 필요로 한다. 아울러 건강한 내일의 역군이 될 수 있는 기본 의식을 갖추도록 해야 한다. 평준화가 민주 시민의 소양마저도 키우지 못한다면 옛날과 무엇이 다르겠는가.

교육정책은 희생과 봉사의 정신으로

교육은 하루아침에 만들어지지 않는다. 이 말은 교육정책을 책임진 이가 명심해야 할 말이다. 최근 교육부는 2002학년 새 학기부터 전국의 모든 고등학교의 학급 정원을 35명 선으로 할 것을 각급 학교에 통보, 학교에서는 이를 위한 교실의 확보와 교사의 증원 등 그 대책에 분주하다고 한다.

7차 교육 과정에 따라 2002학년도 1학년부터 연차적으로 학급 정원을 줄이는 것이 아니라, 3개 학년 모두를 35명 선으로 한다는 것은 예상하기 어려운 매우 놀라운 일이었고, 또한 고무적인 일이기도 하다. 그런데 인구 집중현상이 심하여 교육 환경이 열악한 수도권 도시의 경우는 매우 곤혹스러워 보인다. 학급 정원을 줄이는 것은 분명 교육 환경 개선改善의 중요한 일면이나 이를 실천하기 위해서는 기초적으로 교실敎室의 확보가 시급하고, 더구나 그것이 내년 새 학기부터라니 그 마련이 졸속일 가능성이 크기 때문이다. 지역과 학교에 따라 사정은 다르겠으나, 실험실이나 특별 교실을 개조하여 교실로 사용하는 것은 학습 활동의 위축이나 부실을 초래하기 쉬울 것이다. 임시로 개조한다고 해도 특별 교실을 만들기 위해 드는 비용과 새로 개조하는 비용도 만만치 않아 보이며, 국민의 혈세가 낭비되는 느낌이어서 안타까움을 느끼게 한다.

더구나, 40여 명이 정원이었던 지역에서 대략 10여 개 교실을 마련해야 한다면 교사의 신축新築을 생각해야 하는데, 그 적절한 장소의 마련과 설계 그리고 건축의 시공에서 완공에 이르는 데는 내년 신학기 전까지 매우 어려울 듯하다. 설령 짓는다 해도 겨울 공사가 뻔하므로 튼튼한 교실은 기대하기 어려울 것이다. 공교육 기관인 학교의 중요 시설인 교실이 부실하게 만들어진다면 학급 정원 35명이 무슨 소용이 있겠는가. 사실 선진국 수준의 교실은 20명 선으로 알고 있는 바, 35명의 교실이 우리 교육의 목표는 결코 아닐 것이다. 그러므로 교실의 개조 신축 등 그 마련은 지역과 각 급 학교의 특성을 고려하고 적어도 25명 선을 염두에 두어 보다 신중하게 접근해야 할 것이다. 향후의 학생 수, 7차 과정을 염두에 둔 교실의 효율적 건축과 그 사용 등 여러 변수를 잘 예측하여야 한다. 그러나 시기적으로나 그 실행에 있어 급하기만 하니 그 이유를 알 수가 없다.

누구의 업적을 위하여 교육이 있는 것이 아니다. 우리 한국의 내일을 위해 교육이 존재하는 것이지 오늘을 위해 있는 것이 아니다. 교육은 당연히 긴 안목으로 투자하여야 하고 〈어려서부터〉의 교육이 중요함에도, 서두르고 빠르게 가시적인 효과를 바라는 듯한 느낌을 받는 것은 우리 교육 행정에 철학哲學이나 비전이 부족함을 의미하는 것일 것이다. 교육 정책은 설익은 밥을 만드는 솥이어서는 안 된다. 한 알의 밀알이 떨어져서 수많은 열매를 기대할 수 있는 희생과 봉사의 정신이 절실하다. 교육의 문제는 이 나라의 내일과 직결되기에 심사숙고하고 관료제에 얽매이지 않으며 묵묵히 일하는, 내일의 철학이 살아있는 교육부의 모습을 보고 싶다.

의식意識이 살아야 나라가 선다

우리 역사 오천 년 이래로 가장 풍요로운 시대에 산다고 하는데 그렇다면 우리의 의식은 어디에 와 있는가. 최근 국민을 위해 봉사하는 사람을 뽑기 위한 국회의원 선거에서 탈법이 난무한다는 뉴스를 보면, 과연 그러한 선량이 구민을 위해 무엇을 할 것이며, 알량하게 그들의 선심에 자신의 표를 던진 이들은 무엇을 기대하며 살 것인가. 의식이 앞서지 않고는 이제 더 이상 이 땅은 나아갈 수 없으며 〈배부른 돼지〉에 만족해서는 선진국민이 될 수 없다. 더구나 경제는 그래도 허리 졸라매고 극복할 수 있다지만, 의식은 하루아침에 이룰 수 없으니 그 문제가 심각하다 하지 않을 수 없다.

남을 배려하는 시민의식의 실종, 물질 만능 앞에 민족의식이나 한국혼魂을 잃고 방황하는 민중, 실의에 빠져 거리에 나앉은 사람, 그리고 비리와 부패에 찌들어 무엇이 이타적利他的 자세인지도 모르는 동물 수준의 사람들을 깊은 잠에서 깨어나게 하는 묘약은 없을까. 묘약은 없으되 희망마저 버려서는 안 될 것이다. 아직도 여러 분야에서 자기의 맡은 바 책무를 다하며 묵묵히 살아가는 다수의 따스한 마음들과 〈교육〉에 대한 열정을 올바로 정립한다면 우리 민족도 근대화에 성공할 수 있을 뿐만 아니라, 선진국 반열에 오를 수 있으리라.

더불어 사는 의식과 아울러 환경을 사랑하는 의식, 사람다운 사람이 되려는 의식은 멀리 있는 것이 아니니 바로 나의 공손한 인사에서, 거리에 휴지 안 버리기 등 상식常識이 통하는 우리 사회가 조금씩 깨어날 때이다. 선행善行은 선택받은 자가 하는 것이 아니라 평범한 사람이 평범한 길로 갈 때에 드러나는 것이니, 안산 시민이시여, 조금은 사납고, 거칠고, 낭비가 흘러 넘치는 듯이 보이는 안산을 바르게 서게 하는 의식을 가져봅시다.

설령 그것이 싹이 늦게 트고 아직도 어둠속에 있더라도 이제 밝은 싹이 트일 날이 멀지 않으리라는 소망의식으로 자신의 주변을, 사회를 깨웁시다. 그리하여 안산이 공해와 퇴폐의 도시가 아닌, 꿈이 실현되는 제2의 고향으로 만들어 갑시다.

교육 관료주의의 청산淸算

우리나라가 직면하고 있는 문제 중 하나를 고르라면 서슴지 않고 관료주의를 들고 싶다. 관료주의의 병폐는 우리가 선진 사회로 나아가는 데에 가장 큰 걸림돌이다. 이 땅의 관료는 공복公僕임을 명심하고, 국민을 위해 국가를 위해 최선을 다해야 하는 자리임에도 그들은 본분本分을 지키기보다는 주변을 살피거나, 선공후사先公後私로 일을 처리해야 함에도 그 자리의 힘을 이용하여 보신만 하는 듯이 보인다. 또한 아무리 인간이 〈정치적 동물〉이라고는 하지만, 중립中立이어야 할 공무원이 정치에 민감하여 자신의 무사안일과 영달을 바라며 지내왔다 하면 지나친 말이겠는가. 조선조 19세기 이후의 모습이 재현되고 있다는 말이 터무니없는 말은 아닌 듯싶다.

최근 신문에 보도된 바에 따르면, 교육부 관료들은 잦은 장관의 교체로 인해 수장의 존재를 비웃는 듯한 행위들을 보인다고 한다. 그들은 또한 장관의 눈과 귀를 막아 관료들 손에서 일을 처리하거나, 장관과 다른 의도의 공문을 보낸다 하니, 장관은 무얼 해서 그 많은 녹봉을 받으며, 교육 관료들은 공로公路를 통하지 않고 대체 무엇을 하며 혈세를 축내고 있는가. 교육 개혁을 지향하기는커녕 자신들의 오랜 병폐를 답습하고 있는 것이다. 참으로 부끄럽기 짝이 없다. 그러니 장관은 자신의 재임 기간에 업적 만들기에 전전긍긍이요, 고위직 관료는 보수적 이기주의에 얽매인 자 많아서, 교육이 올바른 길로 가기 위해서는 산적한 어떤 문제보다도 그들의 구조조정 다시 말해 교육 관료주의의 타파가 절실하다.

의식이 없는, 한국의 미래 교육에 비전을 갖고 있지 않는 관료나 연구원은 스스로 양심 퇴출을 해야 한다. 그들은 행정行政은 알지언정 교실敎室은 모르는 것이다. 관료주의에 빠져 교육의 현장 실태를 모르는데 무슨 새로운 교육과정의 도입이니 하여 연구비를 축만 내는가. 그들의 과감한 퇴출이 교육을 살리고 나라를 살리는 길이다.

관료주의의 철폐는 민주주의가 바른 길로 가는 첩경일 것이다. 최근 달라지긴 많이 달라졌어도 공복이 국민의 위에서 호령하는 것이 아니라 그야말로 국민의 심부름꾼으로 성실해야 하므로 선거로 되든 하급 공무원에서 시작하든 바람직한 민주 사회에 걸맞는 공복이 되려면 부단한 노력과 시간이 걸릴 것이다.

우리가 진정한 민주주의 이념을 실천하지 않으면 민주사회의 건설, 천민 자본주의의 극복은 물론 통일도 그 의미가 없다. 우리가 제대로 된 사회를 만들지 못한다면 통일이 되어도 혼란과 대립은 명약관화하기 때문이다. 그러한 의미에서 관료들은 오래 전부터 내려오던 탐관오리貪官汚吏의 이미지를 벗어 던지고, 새로운 마음을 갖추어 선진 교육에 필요한 일을 하여야 할 것이다. 특히 교육 관료는 나라를 살리는 사명이 있음을 깊이 헤아려 그야말로 〈백년대계〉의 충정으로 올바른 시민을 키우는 교육을 위해 봉사하는 진정한 공복으로 거듭나야 할 것이다.

3

시詩로의 여행

·
·
·

시로의 여행은 시에 담긴 삶을
음미하며 우리의 존재의 주소를
확인해 보는 일이다

문학적 자존自存

문학에 있어 자존은 남들이 작품에 대해 무어라 평評한 데에 있지 아니하다. 즉 간단하게 말해 호평好評이나 칭찬에서 나오는 것이 아니라, 자신이 이 지상地上의 존재로서 최고의 작품을 쓴다는 자부自負와 그 의식에서 나온다고 생각한다. 그러니까 시인의 내면에서 나오는 자긍自矜이 없다면 그 행위는 큰 의미 없으리라 본다. 자신의 승화昇華 등 자긍 없이, 문학 행위는 무엇인가. 밥벌이하기 위해서, 현학이나 유식을 드러내기 위하여, 남이 하니까 덩달아, 그저 좋아서도 있을지 모르겠으나 그것은 문학의 변방이라 본다. 살아있는 존재의 증거가 아니라, 생존하기 위한 부차적 이유에서 문학을 하는 이 있다면 그는 상황에 따라 문학을 버릴 것이기 때문이다.

우리나라와 같이 천민자본주의가 자리 잡은 데에서는 그러한 인간 존재의 탐구는 점점 그 자리를 잃어가고 있다. 문학에 대한 자부도 없이 글을 쓰는 이들이 많은 시대에는 양적 팽창이 정신적 생산이 아니라 소비가 되기 쉽다. 차분한 자기성찰과 인간의 문제, 그리고 사회의 구조적 모순을 고찰하는 등 정신의 상승은 문학의 주요한 본령이며, 문학하는 이에게 자존을 주는 것이 아닌가. 또한 모순의 현실을 개혁하는 데에 기수가 되어 앞서가는 것으로 문학의 사명을 다 하는 것이다.

자기 수양, 내면의 정립으로 문학적 자존을 높이고 헐벗고 약한 자에게 사랑의 눈빛을, 비리로 썩어진 곳에 날카로운 메스를 들이댈 수 있는 용기도 있어야 할 것이다. 문학이 진정으로 빛을 발하려면.

시의 이해

　시는 개인의 서정抒情을 노래한 가장 오랜 역사를 가지고 있으면서도 현대 들어 난해한 노래라 여겨, 잘 읽혀지지 않는 것 같다. 또한 그리 어려운 것이 아님에도 시적 장치의 이해부족에서, 관념의 정서화에 미숙하여 멀리하고, 대체로 쉬운 사랑의 노래에 빠지는 느낌이다. 그럼에도 불구하고 시는 사랑의 노래만이 아니라 우리의 모든 정서를 담고 있는 문학의 정화精華로서 길이 남을 문학 장르일 것이다.

　시의 정의定義부터가 각양각색인 이 시를 어찌하면 쉽게 접근할 수 있을까. 우선 시구의 정서를 찾는 방법이 있을 것이다. 시인은 무엇을 말하고자 하는가. 이를 찾아내는 것이 핵심이다. 시가 난해하다고 할 때 이것이 복잡하거나 혼란스러울 때가 있다. 대체로 유행가 가사가 쉽게 반향을 일으키는 데에는 가사가 말하는 바가 명확하고 단순해서이다. 현대시가 보다 복잡한 정서를 움켜 지고 있다면 이에 대한 분석이 필요하다. 훌륭한 시에는 시적 논리가 있는바, 그 논리를 이해한다면 시가 비록 난해하다고 해도 이해하기 용이할 것이다. 비록 그 논리가 정신적인 측면에 있어 다소 어려운 바도 있고 수사적 기교, 개성적 측면, 시인의 기질 등 다소 복잡한 양상을 띠우고 있음에도 조금 신경을 세워 본다면 시의 이해는 난해하기만 한 것이 아닐 것이다. 아울러 시적 정서도 오욕칠정五慾七情을 넘지 않는다. 인간이기에 그 속에서 벌어지는 일이며, 정서이다. 시인은 대부분 그 정서를 단순하게 드러내지 않는다. 이에 대한 이해가 시를 보다 가까이 대하게 하는 길임을 알아야 할 것이다.

시를 읽다보면 잘 익은 과실처럼 맛나는 것도 있거니와 떫고 덜 익은 것도 있을 것이다. 시를 많이 읽다보면 그 차이를 쉽게 파악할 수 있으리라. 소월의 익히 알려진 〈진달래꽃〉보다 그의 후기시가 더 가까이 다가올 수도 있다. 구양수가 말하는 삼다三多는 시를 짓기 위해서도 필요하지만 감상하는데도 필요하리라는 말이다. 시가 어렵다는 학생들이 많은데 이는 시에 대한 훈련의 부족에서 기인한다. 교사가 말해주는 의미를 가슴으로 받아들일 때 시의 이해도는 더욱 높아질 것이다. 시를 억지로 외우려 말고 그 속 내용을 충실히 이해하라는 말이다.

시는 동서고금 가장 오래 노래 불리어왔다. 시의 이해가 그 민족의 정서를 담은 만큼 그 민족을 이해하는데 필수적이라고 말할 수 있다. 영시英詩도 예외가 아니다. 어렵다는 선입견이 시를 멀리하게 해서는 안 된다. 〈문학개론〉정도는 고교에서 가르칠 만하다. 어설픈 화법이나 독서보다 문학의 전반적 이해를 다루는 것이 문학교육, 나아가 국어교육의 바른 초석이라 할 것이다.

시詩로의 여행

　시는 인간의 정서를 표현하는 가장 세련된 통로이다. 그래서 정서의 이해가 무엇보다 중요하며 절제된 언어를 사용함으로 시어의 이해가 필수적이다. 그리하여 시에서 정서와 이미지를 찾고 파악하는 것은 시의 세계를 돌아보게 하는 지름길이다.

　시의 세계는 다양하여서 그 다양함을 가슴으로 받아들이는 것이 시로의 여행에서 긴요한 일이다. 동서고금 오랜 역사를 가진 시가는 인간의 정서를 망라하고 있다. 가령 인도의 베다 경전, 구약의 시편 등은 종교적이지만 인간의 고뇌와 우수, 희망과 기쁨 등을 보여주고 있다. 무수히 많은 지구상의 명멸했던 시인들은 어떤 여행을 했던가. 삶의 깊이를 찾아서, 존재의 의미를 찾아서, 사랑을 찾아서 몸부림 치며 노래하지 않았던가. 그 중에서도 가장 진지했던 것은 존재의 의미를 추구하는데 있지 않았을까.

　인생이 어디로 와서 어디로 가는가에 대한 물음은 끊이지 않았고, 우리네 삶이란 결국 동일하지마는 그 받아들임에 있어 차이나 개성이 존재하리라 본다. 우리의 존재에 대한 답은 없다. 비관적으로 삶을 바라보든가 낙관적으로 생을 노래하는 것은 시인의 기질, 환경 등 그의 개성일 것이다. 대체로 인생이란 여정을 즐겁게 보내는 것이 좋으리라. 그것이 시에 드러날 때 우수에 찬 것보다는 기쁨을 주리라 본다.

　시로의 여행은 시에 담긴 삶을 음미하며 우리 존재의 주소를 확인해 보는 일이다. 이러한 시적 노력은 많은 시인들이 추구하는 것이다. 시가 수사에 매여서는 좋은 시가 될 수 없다.

시로의 여행에서 우리 인간의 문제를 끊임없이 제기하며 이를 해결하려는 치열한 자세를 보일 때 훌륭한 시가 되리라. 이러한 시를 감상하는 것이 진정한 시세계로의 여행이 되리라.

공자가 말한 '시 삼백 일언이폐지 왈 사무사思無邪'는 시의 정의를 말한 것이기도 하지만 시의 감상에 있어서 사사로움이 없는 자세를 말해주기도 한다. 시로의 여행은 마음을 정화시켜주는 것이어야 하리라. 즐거운 여행이 되기 위해 시인은 각고의 노력을 다하여야 함은 두말할 나위가 없다.

시의 논리

　시를 이해하는 데에 있어 시에 쓰인 장치Vehicle를 분석하는 일은 매우 유용하다. 시가 정서의 표출로써 다분히 정서적이며 감정적인 면을 가지고 있지만 시적 장치를 분해하고 나면 '논리'를 가진 글임을 알게 된다 하겠다. 이 글은 그러한 논리를 어떻게 찾는가에 초점이 맞춰져 있다. 이는 다분히 시의 감상과 밀접한 관련을 맺는 바, 시를 이해하는 데에 미숙한 초보자에게 유익한 것으로 생각한다.

　T.S. 엘리엇이 말한 '시는 개성의 표출이 아니라, 개성으로부터의 도피'는 단적으로 시의 보편성을 말하고 있다. 그 보편성의 획득은 시의 논리에서 중요한 것으로 보편성을 띠어야 논리에 맞는 것이 아니겠는가. 성공한 시는 정서의 보편성을 가지고 있다고 보아도 무방하다. 여기서 잠시 김소월의 〈진달래꽃〉을 보고 가자. 얼핏 이 시를 이해하기 어렵다고 하는데 사랑의 일반적 속성을 보여주지 못한 면을 지적한 것으로 보인다. 산화공덕散花功德이라던가. 유교적 휴머니즘의 인내, 극기克己의 정신을 이해하지 못하면, 더구나 한국적 정조인 체념諦念을 도입하지 못하면 시의 논리는 서지 못할 것이다. 이것은 특수한 경우라 하겠는데 인간의 보편적 정서를 찾는 일은 명시名詩에서 잘 드러난다. 좋은 시는 인간의 보편성을 자기의 목소리로 노래하므로, 시의 특성을 파악하여(앞서 말한 시적 장치를 분석해 내어) 보편성을 파악하고, 그것이 어떻게 한 편의 시를 이루고 있는지를 찾으면 시의 논리가 나타날 것이다.

　시에 있어 장치는 비유와 상징이 자주 쓰이는 바, 그 원관념과 보조관념 사이를 연결시키는 유추類推와 연상聯想 작용을 잘 해내면 그 뜻을 이해할 수 있다. 거기에 시의 논리가 적용된다 하겠다. 유치환의 〈깃발〉은 그 제목에서 힌트를 얻어 '이것은 소리 없는 아우성'을 이해할 수 있겠다. 소리 없는 아우성을 펄럭이는 깃발을 통해 그 내면에 있는 힘(이는 시 전편을 보면 이상향에 대한 열정을 드러낸다)을 전달하고 있는 것이다. 시는 막무가내로 아름다운 시구를 써서 되는 것이 아니라 전편을 통하여 통일성을 보여줄 때 시적 논리를 가진 시가 되는 것이다.

시의 논리는 시가 가지고 있는 재미를 파악하는 일이다. 정결한 마음으로 시를 대할 때 시는 자신의 정체를 말한다. 그 말에 귀를 기울일 때 시의 보편성, 통일성을 이해하고 그 너머에 있는 샘물과 같은 말을 건질 수 있다. 시 이해의 난해성을 극복하고 논리를 찾아 시를 바르게 감상하는 길을 두서없이 모색해 보았다.

사이버 문학의 조급성과 그 성숙에 관하여

(사이버 문학에 있어) 시에서는 특히 조급성躁急性이 눈에 띈다.

조급성은 문자 그대로 완결된 시를 보이지 못하고 조급하게 서둘러 발표하는 것으로, 사이버의 속성과 관련을 맺고 있다.

그 이유를 여러모로 접근할 수 있겠는데, 우선, 쓰는 이의 입장과 심리를 고려할 때에 첫째, 자기 시세계의 구축없이 올리는 경우 즉, 설익은 시를 발표하는 경우와 둘째, 급하게 올리는 경우 즉, 충분히 시어를 조탁하지 않고, 삼사일언三思一言하는 자세 없이, 작품을 발표하는 때이다.

충분히 자신의 시를 살필 수 있음에도 여유 없이 통신에 올리는 심리 파악도 사이버 문학 연구의 한 과제가 될 듯하다. 시의 완결, 나아가 좋은 작품의 창조보다는 양으로 써내려 갈 때도 문제가 될 것이다. 또한 예기치 못한 경우도 많을 줄로 안다.

이 글에서는 두 번째 것을 말하고자 한다. 인간의 표현욕은 두루 있으므로, 예술 행위에 있어서는 그 절제가 중요하리라 본다. 기실 가다듬을 필요가 있는 시가 많다.

그 원인은 무엇일까. 나의 체험으로는 자기만족, 표현욕 등에서 찾아야 할 것 같다. 그러나, 시인의 대열에 동참하고자 하는 이에게는 보다 신중한 발표가 요구된다.

시는 자기의 분신이며, 하나의 생명이 아닌가.

미숙아를 거리로 내보낼 때 그 아픔을 어찌 감당하겠는가.

사이버 문학의 한계를 벗어나기 위하여

문학이 비인간을 생산해서는 아니 된다. 인간이 그래도 소중히 여기는 언어의 예술행위가 비인간화의 모습들을 보인다면 이는 없느니만 못하다. 혹자는 비인간화의 모습을 봄으로써 우리가 정화될 수 있지 않냐고 막무가내로 말할지도 모른다. 그러나, 비인간을 말하는 데에 인간은 설 자리가 없다. 삭막함만이 존재하고, 인간의 행위는 배설에 그치며, 창조력은 줄고, 조잡한 모음만이 펼쳐질 수 있기 때문이다.

인간이 인간다운 것은 〈사람다움〉에 있지 동물다움에 있지 않다. 인간이 이성을 가지고도 동물로만 나아간다면 정신이 어디 있겠는가. 나는 썩어빠짐 [정신부재]이라고 말하고 싶다.

정서를 말하면서도 결국 기계의 노예가 되어 인간의 사랑이 이렇고 저렇다 말하는 것과 같고, 세탁기에 흔들려 버린 만년필같이 혼이 나가고, 무정자의 호르몬같이 비인간적인 것에 빠져 있는 것이다.

그러면 사이버 문학의 한계를 벗어나기 위해서는 어찌할 것인가.

먼저, 참을 줄 알자. 기다렸다 발표하자. 그 시적 출발에 있어 마렵다고 싸대는 것이 아니라 현대인답게 예측하며, 점잖게 화장실에서 배설을 향유하자. 시는 포도주와 같아서, 좋은 포도로 담가 오래 될수록 그 향은 그득할 것이다.

그와 같이 익은 시, 그 시적 자세가 중요하다고 보는데 돌아볼 시간적 여유도 없이 너무 급하고, 동물과 같은 본능적 감정에 의존한다는 것에 문제가 있다.

성숙한 시의 발표, 사이버에는 이것이 필요함을 절실히 느낀다. 기다리라, 보다 나은 시의 혼을 위하여 익을 때까지. 나이 들어 어제를 어리석다 마라. 박노해처럼 사회주의를 말할 때는 몰랐는데 이제 앎이 마치 깨달음처럼 말하는 어리석음을 보지 말자.

문학이 보다 나은 세계의 지향을 위해 오늘의 진지한 성찰 없이, 어찌 내일이 있겠는가. 명멸하는 별들을 보며 오래도록 빛나는 별이 되고 싶다는, 내일은 더 빛나리 다짐해야 하고 인간의 내면을, 변화하는 사회에 보다 예리한 눈으로 인간의 궤적을 찾아야 한다.

4

구상具常의 시적 성과 일고

．
．
．

시와 시인의 인격이 하나가 되어
시어가 생명을 갖게 되는 것은
소망스러운 일이 아닐 수 없다

마광수 선생

마광수 선생은 한 마디로 〈재주꾼〉이다.

대학원 때의 지도 교수이기도 한 그를 이렇게 말하는 것은 실례일 수도 있으나 그에 대한 객관적 자세를 견지하려는 의도도 있다.

그를 처음 본 것은 4학년 때, 그가 홍대 국교과에서 연대 조교수로 오고서이다. 그와는 대학 선후배간이기도 해서 금방 친해질 수 있었고, 〈처세의 달인〉이라고 느낄 만큼 많은 사람들이 그의 방을 찾은 것으로 기억한다. 그는 그때 매우 인간적이라고 느껴졌다. 그 시기에 함께 이대 앞 카페에 자주 들렀던 기억이 난다.

그는 〈윤동주 시연구〉로 박사학위를 받았는데, 그의 논집들을 보면 그가 한방, 심리 등 여러 방면에 해박하고, 관심이 많음을 알 수 있었다. 그리고 그림을 그리기도 했다. 그는 고교 때부터 시를 써 왔으나 큰 시적 성과는 아직 없다. 그는 만날 때마다 돈을 벌어야겠다는 말을 자주 했는데, 그 소산이 《나는 야한 여자가 좋다》이다.

그가 교수의 신분으로 그러한 정도의 글을 '당위성' 포장으로 하였다면 학문과 창작을 무난히 그리고 지속적으로 했으리라.

그런데 그는 그 도를 지나쳐 《광마일기》《즐거운 사라》 같은 그야말로 빨간책 수준의 글을 썼고 이를 대단하다고 착각한 모양이다. 그의 성적 불균형은 그가 말하듯 '어려서 먹지 못한' 피골이 상접한 듯한 그의 육신과 관련을 맺으리라 생각하고 그가 페티시즘으로 흐른 것도 그것과 무관하지 않을 것이다.

어쨌든 그의 학문이 폭넓은 발전으로 나아가지 못한 것은 큰 아쉬움이다.

그의 천재성은 우리의 보수적 사회에서는 자랄 수 없는 것이다. 그럴 바에야 그는 차라리 양자 택일을 하는 것이 나았을 것이다.

교수/수필가냐, 작가냐.

그는 교수의 매력을 잘 알고 있었으리라. 교수가 쓴 글이기에 그것도 소위 일류대학의 교수가 쓴 '성론'이라는 사실이 대중에게 호소력 있게 다가갈 것임을 말이다. 그러니 그는 전업작가로서의 길을 생각조차 하지 않았을 것이다. 그에게는 결단력보다 소심한 마음이 더 커 보인다.

그는 연락을 두절하고 사는 것 같다. 이도 그의 소심에서 기인한다. 교수라는 직업에 매여 있는, 그는 아이로니컬하게도 보수주의자인지도 모른다.

그는 〈귀골〉을 추구하고, 〈왕〉이 되고 싶은 마음과 그 이면의 열등의식을 함께 가지고 있다. 이제라도 그는 학문의 본연으로 와서 문학사에 남을 글을 써야 하지 않을까. 그로 인해 손해를 본 이도 적지 않다는 것을 마광수 선생은 기억해야 할 것이다.

그는 초심으로 가야 한다. 지금 처한 어려움은 그 정진 여하에 따라 달라질 것이다. 그의 건강과 건필을 빈다. 그런데 최근 건강이 안 좋다고 전화통화를 한 적이 있다. 한 시대를 같이 느끼며 살아온 사람으로 쾌유를 빈다.

미당未堂 서정주와 민족시인

　시가 소용이 없다함은 시인의 삶과 인격이 시와 어긋날 때요. 특히 민족이 어려울 때에 훼절이나 변절을 하였을 때는 말하여 무엇하리오. 일제 강점기에 시정신을 버리고 일제를 위해 부역한 시인을 어찌 높이 평가하리요. 신문학의 선구자 육당과 춘원도 그 친일 행위로 땅 속에 숨고 말았는데, 과거에 지은 죄에 대한 참회도 없이 이 땅에서 배불리 먹고 대접 받으며 산 미당 서정주의 경우에는 예외인가. 그의 절편 〈무등을 바라보며〉가 그의 지은 죄를 덮어주는가. 그가 죽었을 때 일부 언론은 그를 '민족시인'으로 높였다니 이는 민족 정신을 잃지 않고서는 말할 수 없는 망언이다.

　미당이 일제 말에 저지른 반민족 행위는 익히 알려졌거니와 다시 언급한다면, 창씨개명[다쓰시로 시즈오]을 하였고, 황국 신민화 정책에 동조 징병을 선동하여 이 땅의 젊은이를 전쟁터로 내몰았으며, 친일 작품을 발표하였다. 또한 독립투사를 불령선인으로 매도하는 등 이 땅이 프랑스였다면 처형당해야 마땅했던 인물이다. 그러한 그가 그 알량한 시재詩才로 한 시대를 풍미하였으니 한국혼이 없음을 단적으로 보여주는 일이다. 그는 군사독재 5공 때에도 그들을 위한 텔레비전 지원 연설을 비롯, 문협 회장으로 4.13 호헌 조치를 지지하는 등 권력에 무릎을 꿇은 약한 인물이었다.

　후학이 무엇을 배우리. 민족 정기 없는 시가 우리에게는 무엇인가. 그 시는 치워야 할 배설물일 뿐이다. 슬프고 아프다, 이 엉터리 조국이여!

북한문학사 단상

　북한의 문학사를 보면 장章마다 또한 틈만 나면 김일성 찬양구 일색이니, 동토의 문학사는 휴지에 불과하다. 다만 문학의 범주를 넘지 않는 글은 예외이지만.

　어쨌든 북한의 문학사는 재구성되어야 할 것이다. 그 재구성의 노력이 필요한 시기에 와 있다. 퍼주기식의 관계 개선은 아니 되겠지만, 각 방면에서의 교류는 정권이 어찌 교체되었던지 적극적으로 나서야 할 것이고, 문학도 시야를 넓혀야 할 것이다. 아울러 우리 문학사도 다시 써야 하는 시점에 놓여 있는 것이다.

　21세기 전반의 최대 화두는 통일이라 하겠다. 그래서 각 방면에서 통일에 대한 뜨거운 논의와 연구가 있어야 할 것이다. 문학은 그 사회의 표현으로 엄밀히 말한다면 그 존재의 가치에 있다. 문제는 얼마나 보편성과 진실성을 담고 있느냐일 것이다. 우리의 문학사는 거듭 말하거니와 다시 써야 한다.

문단 풍토와 문인 배출 문제

먼저, 이 과학문명시대가 극에 이른 듯한 때에 글을 쓰려는 사람들이 많다는 것은 그것이 자신의 장식을 위한 것이라 할지라도 매우 고무적인 일이다. 글을 사랑하는 행위는 세상을 바르게 인식하고 살아가겠다는 기본일 수 있겠기 때문이다. 그리고 그 저변이 확대되는 것은 우리 문화의 풍토에서는 결코 나쁜 일은 아니다. 종이의 낭비보다는 정서의 함양이 더 중요할 것이기에.

좋은 글을 쓰는 이가 많다면 우리 문화의 융성을 말하는 것이요, 저급한 출판은 스스로 부끄러워 물러서리라 본다. 그러한 면에서 우리의 문인 배출 방법은 변화가 있어야 할 것이다. 문학도가 열병을 앓듯이 선호한다는 신춘문예 제도로는, 또한 잡지사를 통한 추천 제도의 강화로 우리 문단의 폐단을 막기 어렵다. 그 어렵다는 신춘문예에 당선하고도 지속적으로 창작하지 않는다면 장식에 불과한 것이요, 시인이요, 소설가요 레벨만 부치고 나와 새로운 글을 쓰지 못한다면 스스로 부끄러워해야 함에도 죽을 때까지 문인이니 이는 우리의 문화적 풍토가 열악함을 말해주는 것이 아니고 무엇인가.

최근 엉터리 신인이 많이 나온다고 야단인 모양이다. 그러나 그것은 앞서 말한 바의 반대로서 큰 문제가 아니다. 그 엉터리가 진짜가 되는 것도 가능한 것이요, 엉터리인지 알고 스스로 물러날 날도 그리 길지 않기 때문이다. 긴 안목으로 볼 필요가 있다. 지속적인 작업을 하고 그 깊이를 천착하는 자가 결국 문학사에 남지 않겠는가.

우리 문단의 병폐로 패거리주의가 크다고 하겠다. 무슨 잡지 출신인지 등을 따지는 것이 많고 서로 밀어주기 하는 것이 문학계의 지병이다. 문학인이 열린 마음을 갖지 않으면 그는 대체 무엇을 추구하리. 신인의 배출 문제는 기성의 문인들이 먼저 반성하고 정화하는 풍토가 아니라면 의미가 없다. 진실로 잠재력을 가진 문인의 배출이야말로 이 나라 문화 발전에 크게 기여하는 것이니, 감투만 쓰기 식의 세 불리기는 중단되어야 한다. 순수하게 문학하려는 데에 상업주의가 개입해서는 아니 될 것이다. 문단의 선배가 이 땅의 후배에게 도움이 되어야지 기득권을 누리려 해서는 범본이 되지 못한다. 문학이 시대의 양심이요, 정신이요, 우리의 혼이기 때문이다.

열린 시대에 열린 문인들이 인생의 깊이를 천착하고 썩지 않을 작품을 위해 혼신을 기울여야 우리 문학이 한 걸음이라도 세계적 문학에 다가서지 않을까 한다.

R. 프로스트의 생애와 문학

휘트만W.Whitman이래로 미국 시인의 자리매김 중에서 로버트 프로스트R.Frost의 명성은 가히 세계적universal이다.

그의 예술은 정화淨化의 행위이고, 그 행위는 진리를 간단없이 모든 사람에게 다가설 수 있게 할 정도로 진력한다. 프로스트는 시에서 친근한 대상과 뉴잉글랜드의 성격을 드러내지만, 뉴햄프셔와 버몬트를 가보지 못한 사람들에게 그의 시는 캘리포니아 또는 버지니아, 그 현시顯示, revelation의 체험을 보여 준다. 이 뉴잉글랜드의 시인이 구영국Old England에서 처음 인식되었다는 것은 놀랄 일이 아니다. 또한 그가 소년시절을 캘리포니아에서 보냈다는 것도 그렇다.

그의 아버지는 남부 계통의 저널리스트였는데, 남북 전쟁기에 뉴햄프셔로 떠났고, 그의 직업적 종사가 그를 캘리포니아로 이끌었다. 거기에서 프로스트는 1874년 3월 26일 태어났고 올드 도미니언의 추억에서는 로버트 리Robert Lee라고 불리었다. 그는 11살 때 아버지를 여의었고, 어머니는 로렌스, 매사추세츠, 애머스트, 뉴햄프셔 등에서 그의 친척에게로 돌아갔으나, 친척과의 생활은 어려웠고, 그래서 그의 어머니는 뉴햄프셔의 살렘에서 학생을 가르쳤다.

프로스트는 후에 로렌스 고등학교에 입학하여, 1892년 졸업할 때에 졸업생을 대표하여 답사를 하는 두 명 중의 하나였다. 나머지 한 사람은 엘리너 화이트Elinor White로 3년 후에 그와 결혼한다.

할아버지의 도움으로 다트머스 대학에 가게 되었으나 프로스트는 그의 학업을 중단하였다. 그는 스스로 지방 신문에 이름을 알리려 노력하면서 사범학교teaching school로 돌아왔다.

그는 1890년 이후에 많은 시를 발표하였으나, 1913년전에는 단지 몇 편만을 인정받았다. 로빈슨Robinson과 같이 그는 시대에 너무 앞섰던 것이었다.

시인으로서 좌절에 직면하고, 가족이 늘어나면서 젊은 프로스트는 할아버지의 보조를 받았다. 2년(1897~9)동안 하버드 대학을 수학하였으나, 그는 틀에 박힌 연구는 그가 갈 길이 아니라고 생각하게 되었다.

고전에 있어 그의 훌륭한 기초는 그의 보조적인 언어 감각에서, 시의 세련된 형태에서, 그리고 자연에서 이교적異教的 즐거움으로 나타났고, 그의 과학과 철학에 대한 독서는 그의 시에 영향력을 발휘했다. 그러나, 그는 깊이 뿌리내린 공포를 가지고 있었다: "사람들은 나를 교수로, 직업적인 시인으로 만들려고 해왔다."고 한때 그는 말했다.

1900년에 그는 할아버지의 도움으로 뉴햄프셔의 데리Derry에서 4명의 자녀를 포함한 가족을 부양하며, 농장을 얻어 가르치는 일과 농장 일을 겸하게 된다.

1900년부터 1911년까지 그는 핑커턴 학교Pinkerton Academy에서 영어를 가르쳤다. 1911년에서 1912년에는 플리머스에 있는 주립 정규학교 Normal school에서 심리학 코스를 밟았다. 이때 그는 미국인 편집자로부터 심장이 부셔질 것 같은 거절을 당했다.

꾸준한 영감의 원천이었던 엘리너 프로스트는 절망한 그의 구제를 위해 그의 재능을 북돋아 주었다. 그들은 1912년에 농장을 팔고 영국으로 갔고, 거기에서 새로운 시운동의 첫 움직임이 시작되었다.

그가 말한 것처럼 "이엉 지붕 아래에서" 살기 위해 시골의 조그만 농장으로 이사했다. 거기에서 윌프레드 깁슨Wilfred W. Gibson과 라셀라스 애버크럼비Lascelles Abercrombie가 이웃이었고, 다른 이들이 소위 "그루

지야인"이라 불리는 에드워드 토마스Edward Thomas와 루퍼트 브룩Rupert Brooke이 손님으로 찾았다.

곧《소년의 의지 A Boy's Will》(1913)는 영국에서 천재적 특장의 작품으로서 환영을 받았다. 이어 1914년에는 이 세기에 가장 위대한 시집 중의 하나인《보스톤의 북쪽 North of Boston》이 뒤이어 나왔다. 이 두 시집은 곧 미국에서 출판되었다.

이 순간에 그의 친구에 의하면 프로스트는 아내에게 "나의 시는 고향으로 가야 해. 우리들도 역시."라고 말했다 한다. 1915년 그들은 뉴햄프셔 농장에 다시 정착하였다.

1916년에 그는 하버드대학에서《파이 베타 카파Phi Beta Kappa》시편 중〈도끼 자루The Ax Helve〉를 읽었다. 프로스트는 대중적 독자로서의 중요한 자질을 갖춘 것이다. 그의 몇 년 동안의〈독서〉여행은 그와 그의 시로 하여금 번영을 가져다 주었고, 시에 있어 대중적인 흥미를 고무시켰다. 또한 1916년에 프로스트는 애머스트 대학에서 거주시인(poet in residense)이 되었고, 거기에서 4년간 겨울 기간에 집으로 돌아왔다. 여러 시기에 그는 웨슬리안, 미시간, 다트머스, 예일 그리고 하버드에서 강사로 또는 특별 연구원으로 지냈다. 1920년에 그는 영어 브레드 로프 학교(미들베리 대학, 버몬트)의 설립에 참여하였다. 그리고 그는 거기에서 여러 해 여름 동안 강연하였다. 그는 립턴Ripton에 있는 자신 소유의 땅 근처에 살았다.

프로스트의 후기 출판물들은 어느 정도 긴 간격을 두고 선보였지만 크거나 작거나, 거의 모든 시들은 영원히 잊을 수 없는 것들이었다.《시선집 Selected Poems》(1923년, 1928년 개정) 다음에 나온《뉴햄프셔 New Hampshire》(1923)가 처음으로 퓰리처상을 받았다. 이것은 그의 가장 긴 시편중의 하나이지만, 가장 위트가 있고 현명하고 생활과 인물의 가치에 대한 일련의 토론으로, 뉴잉글랜드에 대한 예화例話를 곁들이고 있다.

1928년에 그는 《서쪽으로 달리는 개울 West-Running Brook》을 출간하였다. 그의 대표적 시로 복잡한 작품이다. 1930년 《시모음집 Collected Poems》이 나왔고, 그에게 두 번째 퓰리처상을 안겨 주었다. 《증거의 나무 A Witness Tree》(1942)와 《뾰족탑 교회 수풀 Steeple Bush》(1947)은 그의 후기 서정시집이다.

《이성의 가면 A Masque of Reason》(1945)과 《자비의 가면 A Masque of Mercy》(1947)은 종교적 통찰력과 당대 사회에 대한 드라마틱하고 대화적인 토론이다.

로버트 프로스트처럼 뛰어난 일관성을 보여준 주요 시인은 드물다. 그는 시인으로 온전한 사람이며, 인격의 고결함(그의 어린 시절의 좌절로 인해 때때로 힘들었던 인간관계에도 불구하고)과 형식과 문장의 나무랄 데 없는 정확성으로 독자를 사로잡는다. 그는 "예술은 삶을 형태로 벗긴다"고 말하며, 사물의 실체와 시어가 하나의 동일성으로 공존한다고 말한다.

그는 언어에 있어 그가 말한 바 "말의 어조들"을 붙잡으려고 노력하였으니, 자발적인 언어가 얻을 수 없는 타당성을 이루기 위해 사람이 쓰는 언어를 잘라낸 워즈워스W. Wordsworth보다도 오히려 더 성공적이었다.

프로스트는 묘사적 사실주의이면서 기질적으로 명상적 엄숙함을 지닌 시인이었다. 그가 추구하던 진실은 인간의 가슴과 일반적 사물에 내재되어 있었다. 그러나 사람은 쉽게 잊는다. 그는 시는 "알고 있었던 것을 모르고 있는 것으로 상기하게 해준다."고 말했다.

시는 교훈적인 것은 아니나, "즐거움으로 시작해서 지혜로 끝나는" 직접적인 경험을 준다. 그리고 적어도 "혼란에 맞선 순간의 멈춰섬"을 준다. 프로스트는 홀로의 사람에게나 사회 속의 사람에게나 내적 요구로

인해 통제되는 책임있는 개인주의를 요구한다. 그리고 이로서 그의 견
해는 우리에게 초기 뉴잉글랜드 사람들의 초월적 특질을 생각하게 한
다.

소로Thoreau와 에머슨Emerson과 같이 프로스트는 이러한 이유로 기꺼
이 반항자가 되기로 하였고, 그리고 그들처럼, 그러나 그 시대의 회의적
인 시인들과는 달리, 그는 오로지 '세계와 사랑싸움'을 가졌고, 말하였
다.

(퍼킨스 외, 《미국 문학 전통The American Tradition In Literature》 4판, 1974년)

구상具常의 시적 성과 일고一考

시와 시인의 인격이 하나가 되어 시어가 생명을 갖게 되는 것은 소망스러운 일이 아닐 수 없다. 일단에서는 재능과 인품을 하나의 선상線上에 놓지 않고, 재능이 뛰어나면 그의 인격의 결함이나 과오를 크게 문제삼지 않는듯하다. 그러나, 시인의 경우 구상이 말한 바와 같이, '장인적匠人的기능'과 '사제적司祭的 기능'의 조화가 필요하다는데 동감한다. 우리의 시는 유감스럽게도 언어적 표현의 재능인 장인적 기능에 치우치는 경향이 있다. 이는 인품을 바탕으로 시적 진실뿐만 아니라 실제 생활에 있어서도 진실된 삶과 인식, 그 추구의 결핍을 상대적으로 간과한다고 본다.

시인에게 있어 정신적 수양, 삶의 성찰과 사회에 대해 깨어 있는 의식은 매우 중요할 것이다. 그러므로, 두 기능의 조화는 시인이 추구해야 할 세계로 구상 시인이 그러한 시인의 사명을 충실히 실천해 온 몇 안 되는 시인이라고 생각한다. 그러한 면모는 그의 여러 시편에서 확인되며 특히 그의 시선집《말씀의 實相》(1980)에서 쉽게 확인할 수 있다.

시〈하루〉(이후 〈오늘〉로 게재)는 그의 실존적 삶과 영원의 추구를 조화롭게 보인 시의 하나이다. 현실의 실상을 진지하게 반성하고 성찰하면서 '연탄빛 강에 합류'하는 사회 비판과 그 인식 그리고 '영원한 푸름'을 추구하고 기대하는 것은 '영원 속의 오늘'을 조응하는 것이 되며, 이 시는 적절한 비유의 언어가 되고 있다. 시 한편에서 전체적 비유를 이끌어 내는 탁월한 시적 구성을 보인다 하겠다.

그에게 있어 〈영원〉속에서 현존을 인식하는 것은 이미 지적되었듯이 전일적全一的 추구라 하겠고, 자신과 사회의 반성과 성찰은 현존의 삶이 구원에 닿을 수 있는가와 연결되는 것으로 이는 그의 시 근간이라 하겠다. 그러한 면에서 그의 시적 성과를 논의할 충분한 근거를 갖는다고 보며 우리 시에 있어 뚜렷한 시적 성과를 보인 시인의 하나로 평가할 수 있다. 이에 대한 고구考究를 그의 폭넓은 문학세계 중 시의 일부를 가지고 시도하고자 한다.

❶ 보편성의 획득

20세기 대표적인 시인으로 평가되는 미국 출생 영국 시인 엘리엇T.S. Eliot은 일찍이 "시는 개성의 표출이 아니라 개성으로부터의 도피"라 했는데, 문학에 있어 개성의 보편적 승화를 강조한 말로 들린다. 시인으로서의 구상은 자신의 삶의 표백을 통하여 인간 삶의 문제에 이르고 사회의 문제에 비판적으로 접근한다. 나아가 늘 초월적 존재를 인식하고 있음도 간과할 수 없다. 그러한 그의 시적 표현은 여러 시에서 쉽게 찾을 수 있다.

영혼의 눈에 끼었던
무명無明의 백태가 벗겨지며
나를 에워싼 만유일체萬有一切가
말씀임을 깨닫습니다.

노상 무심히 보아오던
손가락이 열 개인 것도
이적異蹟에나 접하듯
새삼 놀라웁고

〈말씀의 실상實相〉 1-2연

악의 무성한 꽃밭 속에서
진리가 귀찮고 슬프더라도
나 혼자의 무력無力에 지치고
번번이 패배敗北의 쓴잔을 마시더라도
제자들의 배반과 도피 속에서
백성들의 비웃음과 돌팔매를 맞으며
그분이 십자가의 길을 홀로서 가듯
나 또한 홀로서 가야만 한다.

〈그분이 홀로서 가듯〉 2연

시방 세계는 짙은 어둠에 덮여 있다.
그 칠흑 속 지구의 이곳저곳에서는
구급을 호소하는 비상경보가 들려온다.

온 세상이 문명의 이기利器로 차 있고
자유에 취한 사상들이 서로 다투어
매미와 개구리들처럼 요란을 떨지만
세계는 마치 나침반이 고장난 배처럼
중심도 방향도 잃고 흔들리고 있다.

〈인류의 맹점盲點에서〉 1-2연

위 시들에서 보듯 세상에 대한 새로운 깨달음으로 새날을 맞이하고,
세상살이의 어둡고 험난함을 인식하는 비판의식과 그 극복의 전망을,

우리가 잊고 지내고 있는 인간이 찾아야 할 영혼을 불러 일으킨다. 인용시만이 아니라 도처의 시편에서 그가 삶의 성찰과 현실 인식 그리고 인간의 영원의 문제를 염두에 두고 있음을 확인할 수 있다. 이는 인간이 간과하기 쉬운 내면을 일깨우는 일로 보인다. 또한 연작시 〈강〉이나 〈까마귀〉의 근저에도 그리고 자전적 시집《모과木瓜옹두리에도 사연이》(1984)에서도 그 시적 여정과 아울러 인간의 근원적 문제를 제기하고 있다.

시적 표현에 있어서 그의 시는 일반적인 시와 달리 다소 진술적이라는 지적도 없지 않으나, 시 한 편 전체를 보면 그것은 진술이 아니라 대체적으로 비유의 덩어리로 보인다. 차분히 그의 시를 음미하면 감동의 물결이 인다. 그러한 면에서 그는 이 땅에 남을 시를 쓰고 있다는 것이다. '말의 화장실'이나 '무정란의 시'는 시가 아니라 넋두리이다. 그가 말하는 바, 말의 등가량의 진실이 없이 감동은 없으며, '존재의 집'인 언어가 사물에 대한 천착 없이 우리의 정서나 사상이 하나가 될 수는 없다. 〈인류의 맹점盲點에서〉, 〈가장 사나운 짐승〉은 인류가 나아갈 방향을 제시하고 있다. 이는 그의 보편적 세계 추구에 대한 한 증거이다. 그는 《홀로와 더불어》서序에서 '어디까지나 인류 보편의 차원에서 시를 써왔다'고 말하고 있다.

필자가 보아온 바, 그의 시는 국내의 폭넓은 독자에게 쉽게, 깊이 감동을 주고 있고, 80년대 중반 불역佛譯 이후 꾸준히 세계 여러 말로 번역 소개되어 그들 독자의 공감을 얻고 있는 것으로 알고 있다. 이는 시인의 인식 세계가 잘 표출되어 번역을 통해서도 인류의 보편성이 잘 드러난 것이다. 물론 그러한 것은 그의 인식의 넓이와 깊이에 기인하는 것으로 국내외의 독자에게 깊은 인상을 남긴 것은, 인간의 내면에 잠재한 보편적 의식을 일깨워서 일 것이다.

인간의 보편적 정서와 사상을 표현하는 것은 쉬운 일이 아니다. 그는 이러한 작업에 익숙해서 그것이 삶의 자연스런 부분으로 나타난다. 이는 한국시사에서 보기 드문 시적 성과의 하나로 남을 것이다.

❷ 시와 삶의 전일적 추구

무성한 나무를 볼때 그 나무의 아름다움이나 그 열매의 유익은 바라보나 그 보이지 않는 뿌리의 깊음과 그 지난至難을 생각하는 이는 드문 것 같다. 노자老子가 말한 구층탑도 한 삼태기의 흙에서 이루어짐을 시인에게 원용해보면 감동의 시편은 시인의 여정 속의 여러 체험과 그 성찰, 거기에 따르는 고통의 승화와 인식의 지속적 연마를 통해 가능하리라.

구상의 전일적 추구는 여러 평자들이 말하는 바로 이를 통해 여러 각도에서 살펴 볼 수 있겠다. 먼저 그의 삶과 시의 연관을 간략히 살피고 가고자 한다.

그는 연보에서 보듯 남북 분단과 그 이데올로기적 분열상을 남북한 모두에서 직접 체험하였고, 6. 25 동족상잔의 아픔을 전투의 현장에서 생생히 목격하였으며, 이 땅 초대 이승만정부의 독재에 맞섰었다. 그러한 과정은 그의 초기 시 〈여명도〉, 〈초토의 시(15편)〉, 그의 논설 〈민주고발〉에서 볼 수 있다.(졸고 〈시적 진실과 종교적 자유〉 참조) 문제는 소위 개발독재시대에 '그는 왜 침묵했는가'가 흠이라면 흠이겠는데, 그는 침묵하고 항거하지 않았으나, 벼슬을 하거나 영화를 누리지 않았고(문인 중에는 벼슬이나 거수기 노릇을 한 이 적지 않았다.) 멀리 이국 하와이에서 오랫동안 한국문학 등을 강의하였다. 그는 인간적 관계에서도 전일적 추구를 보였는데, 그가 군부 독재 시기에 준엄한 포효와 예언적 목소리를 높인 것도 그 일환으로 보인다. 시집 《까마귀》(1981), 《저런 죽일 놈》(1988)은 그 사회적 비판과 준열한 정신의 표출이었다.

그의 전일적 추구에 대해 성찬경은 〈구상의 시세계 / 영원 속의 현존 現存〉에서 다음과 같이 말한다.

구상은 시의 시선 '관심'을 결코 현실에서 유리시키는 법이 없다. 그러나 그 현실을 단순한 현실에 국한시키는 일이 없이 늘 '영원'의 관점에서 파악함으로 해서, 다시 말해서 현실을 '실존적'으로 심화시킴으로 해서 현실이 그 근원에로 향하는 깊이를 갖게 된다. (중략)

그 의미 또한 그러한 일들과 '영원'과의 조명에서 얻어지는 심연深淵이 되어 있음을, 다시 말해서 생각과 명상의 깊이가 종교적인 차원에까지 가 닿아 있음을 알 수가 있다.

그가 현실과 영원을 동시에 바라봄은 그가 추구하는 세계를 시와 시인을 분리할 수 없는 경지로 이끈다. 그만큼 언어와 생활이 하나로 묶여지고, 시 속에 인격이 부여되어 살아있는 시가 되는 것이다. 그래서 그는 윤리와 절대자 앞에서의 인간다움을 잃지 않고 있다. 이는 전일적 추구의 한 단면이라 하겠고, 말 따로 행동 따로가 아니라 하나가 되는 길이기도 하다.

❸ 현존의 형이상적 승화

구상의 여러 시편에서 볼 수 있듯이 그의 시는 '영원 속의 오늘과 그 현존'과 '현존 속의 영원의 추구'라 요약해도 큰 무리는 아닐 듯하다. 이는 현존과 영원의 조응照應으로 그가 늘 관심을 가지고 있는 세계의 표출이다.

그는 우리 시에 감성 위주의 언어가 범람하고 존재론적 인식의 결핍

이 있다고 지적하는데 시가 서정성이나 언어의 감각적 표현에 머물고 그 철학적 세계를 갖지 못할 때의 한계와 항구성에 문제를 제기한 것이다. 가령, 그가 미당의 시 〈문둥이〉를 예로 들어, 무속성이나 범신론적 심미안에서는 진정한 구원이 없다고 보고, 더구나 오뇌의 끝에서 나온 것이 아닌 언어의 결합에서는 진정한 시가 나올 수 없다고 본다. 그래서 현존의 인식과 영원의 세계에 대한 진지한 탐구 없이 언어에서 한 송이 아름다운 꽃이 핀들 그 향이 얼마나 가겠는가 말하는듯싶다.

'현존이 영원의 한 부분'이라는 인식 또한 앞서 본 그의 전일적 추구와 연결되며, '그 분이 홀로서 가듯' 현실에 바탕을 둔 그의 형이상적 추구는 김봉군이 지적하듯 '시와 믿음과 삶의 일치'와 '존재론적 물음'과도 연결 지을 수 있겠다. 아울러 '시와 신념의 분리가 불가능하다'는 지적도 그의 철학적이요, 가장 근원적인 삶의 문제에의 접근으로 보인다.

또한 그의 시가 도덕적 해이 시대에 인간 심연의 분출로 정치적 사회적 그리고 물리적 힘에 양심의 문제를 제기하고, 인간성의 확인을 보여주는 것도 형이상적 세계 추구의 연장일 것이다. 이는 문학이 인류 구원의 빛이 될 수 있음을 느끼게 한다.

그는 또한, 종교의 높은 벽을 허무는 신령한 지선至善의 세계에 닿은, 우리나라에서는 보기 드문 종교 시인이다. 이렇게 말함은 그가 종교에 치우쳐있음을 말하려고 하는 것이 아니라, 종교가 궁극적으로 사랑의 실천에 있다 할 때에 그의 형이상학적 축의 일면으로 시적 진실을 보이는 것이다. 그가 좁은 세상에서 보다 큰 세계를 인식하고 이를 시로 표출했다는 것은 구원救援의 모습으로 비친다.

그의 시화詩話 및 연작시 〈그리스도 폴의 강〉에서 그것이 잘 보이며, 세상의 다면성을 인식한 결과물이다. 그가 말한 바 '인간 내면의 신비를 깨닫기 어려워' 수도修道내지는 수덕修德의 길로 나아가는 것은 형이상적 승화라 하겠다. '강'의 응시를 통해 '그리스도 폴'의 세계에 닿으려는 것은 그가 말하는 바 '현존 속의 영원, 오늘 속의 영원'에 깊게 뿌리내려 있음을 보여준다. 이는 그가 동서양의 철학적 기반 아래 찾은 영혼의 샘이라고 하겠다. 아울러 그는 인간의 '수치'에 대한 인식을 제기하여 그의 내면적 세계를 엿보게 하였다. 그러한 그의 여러 인식의 세계는 우리 시사에 보기 드문 궤적을 그리며 시적 성숙과 그 방향을 제시하여 중요한 의미를 띤다 하겠다.

❹ 폭넓은 세계의 인식과 시적 실천

구상이 기독교적 세계관을 바탕으로 유교를 포함한 불가佛家의 세계, 노장사상 그리고 20세기의 철학을 두루 섭렵함은 그의 시와 평론 등 그의 여러 저작에서 쉽게 찾을 수 있다. 그의 다양하고 깊이 있는 생의 체험은 그의 인격의 고결과 더불어 그의 시세계가 가히 세계적universal임을 알 수 있게 한다. 그러한 그의 전全생애적 바탕에서 우러나오는 세계의 의식은 한국 지성사에서 드문 일이다.

이를 기저로 한 그의 시업詩業은 한국문학에 새로운 지평을 열었다 해도 지나친 말은 아닐 것이다. 시론집이라고 할 《현대시창작입문》(1988), 수상집 《실존적 확신을 위하여》는 그의 인식의 넓이와 깊이를 대변하고 있다. 그 인식이 시에 용해되고 표출됨은 그의 시적 실천을 보여주는 것이다. 이에 대한 보다 구체적 논의는 다음 논고로 미루며 그의 시적 성과는 노천광처럼 〈강〉 연작시 등 여러 시편에 널려 있다는 사실을 덧붙인다.

위에서 짧게 살펴 본 구상의 문학은 한국 그리고 그 너머의 세계에 닿

아 있다. 그리고 그는 필자가 접한 수많은 시인 중에서 한마디로 대가大
家적 면모의 시인이다. 이 시대에 살아있는 대가를 가까이 대함도 행운
이요, 행복이다. 이 글에서 그의 시적 성과를 간략히 살펴보았으나 미흡
하기 짝이 없음을 솔직히 고백한다. 또한 그의 문학세계를 아울러 보는
것도 그가 평생을 문학에 바친 만큼이나 지난한 일일 것이다. 더욱이 그
에 대한 평가는 솔직히 우리 사회가 선진에 이를 때 더욱 공평하게 이루
어지고, 쉽게 다가오리라 여겨진다. 이 글이 보다 넓고 깊게 고구하지
못함을 필자의 능력부족과 시간 그리고 지면상의 문제로 돌리며 참으로
겉핥기의 일고一考를 맺을까 한다.

우리 시의 이해와 영역의 깊이 관계

우리 시를 영역하는 작업은 지난至難한 일이다. 그 의미의 전달에서, 내재율에서 외형율로의 변용이 그것이다. 한국문화를 내포하는 고유의 언어를 영어권 문화에서 이해하기 쉽지 않기에 대체로 번역을 하고 주註를 다는 것이 최선이기도 했다. 영시의 경우는 그들의 문화가 익히 알려져서인지는 모르나 의미 전달에 있어 큰 문제는 없었다.

그 어려움 이전에 기본으로 우리 시의 충실한 이해와 병행하여 영시에 대한 이해가 중요한데, 번역의 가장 이상적인 상태는 서로의 문화를 상호 이해하는 두 사람의 공동번역의 형태나(모두 온전하지 못하므로 한 작품 한 작품 토의하면서 해야 할 것으로 보임), 우리 시와 영시 모두에 깊은 조예가 있는 이의 번역에 한국시 이해에 뛰어난 번역 원어민의 감수 형태로 보인다.

주술 관계의 정확한 이해도 중요하다. 우리말에서는 주어가 드러나지 않아도 알 수 있으나, 영어의 경우는 드러내야 하므로, 적절한 사용 기법이 필요하다.

번역에 있어 연과 행의 문제

　우리 시의 영역은 한역처럼 일반적이지 못하고, 연구의 성과가 적은 만큼 다루어야 할 문제가 많다고 생각한다. 문화 인식의 차이, 뉘앙스의 일치 문제, 운율의 재고 등에서 쉽지 않으므로 보다 깊이 있는 고구를 해야 할 것이다. 이 글에서는 우리 시를 영역함에 있어 연과 행을 꼭 지킬 것인가, 변형도 가능한가에 대해 생각하기로 한다.

　그 텍스트로 정성수 〈날아가는 새〉(고창수 번역)를 중심으로 보기로 하자.

　　한 번 둥지를 차오른 새는
　　다시 지상에 내려앉지 않는다

　　쉬지 않고 날아갈 뿐

　　눈 내리는 허공에 문득 정지할 뿐
　　그 순간
　　수직으로 아득히 추락할 뿐

　　깃털의 흔적조차 보이지 않을 뿐.

The Flying Bird

Once it flies away from its nest,
The bird does not land on earth again.

It only flies away without cease.

It only halt suddenly in the vacant sky
Where snow is falling.
In that moment
It only falls far far away
Perpendicularly

It does not even leave
Vestiges of its feathers.

　번역이 잘 되었는가가 이 글의 초점이 아니다. 원시의 3연 3행, 4연 1행을 각각 5행과 2행으로 하였다. 그 의미 전달의 명료를 위해서라고 볼 수 있겠는데, 대체로 행이 길어진다 해도 원시와 번역시가 같은 연과 행으로 하는 것이 좋을듯하다. 왜냐하면 원시에 충실하게 시인의 호흡과 그 길이를 생각하는 것이 나을 듯하고, 어려우나 영어의 압축을 지향하고 가능하다면 원시의 형태를 유지하는 것이 원시의 외형적 맛이라도 느끼게 할 것으로 생각하기 때문이다. 그래서 졸역을 해보았다.

Once the bird flied away from the nest
does not land on earth again

Only flies away without rest

Only staying suddenly in the snowy sky
in that moment
it only falls far away vertically

Only it was not seen the vestiges of its feathers.

　연의 변형이 분명한 의미의 전달을 위한 어순의 고려, 수식 관계, 운율의 고려가 아니라면 굳이 늘일 필요는 없으리라. 연과 행을 지켜주어도 큰 무리는 아닐듯싶다. 번역이 제2의 창작이 되기 위해 그 분위기와 어조를 잘 살리는 일은 결코 쉬운 일이 아니다. 또한 〈날아가는 새〉의 끝이 흔적 없이 사라지는 추락이라고 할 때, 이는 절망적이지만 새의 날아감에 대하여 아무 미련은 없어 보인다. 그러한 시적 정서를 영역시에서도 잘 느껴지게 하는 것이 번역자의 몫이라 하겠다.

5

인간의 문제

·

·

·

우리의 정신이 우리의 육체를
그만 지배하지 못하고 육신의 욕망에
따라가고 마는 것 –
이것이 부조리의 시발이다

통일을 위한 준비 일고

독일의 분단과 그 통일에 이르기까지의 원인과 과정은 우리에게 시사하는 바가 크리라. 그래서 많은 이들이 그 연구를 위해 몰두하고 있는 것으로 알고 있다. 통일에 대비한 작금 우리나라의 현실에서 독일의 통일이 우리에게는 타산지석이 되어 우리가 좋은 방안과 대책을 이끄는데 큰 도움이 될 것임에 틀림없다. 통일 비용 문제, 통일 전후의 산업 및 경제·문화적 문제 등 이루 헤아리기 어려울 정도로 많은 문제들이 있다.

독일이 패전으로 전범국이 되고 동서 양쪽으로 분단되었으나, 우리는 21세기 초 지금의 현실을 포함하여, 전범국 일본의 부속물로 취급되어 전범국보다도 못한 협정들을 맺어오고 있다.

우리는 미국의 지대한 영향력 속에서 이제 이를 극복해야 할 시기에 와 있다. 물론, 우리 민족 내부의 이데올로기적 대립과 그 분열, 동족상잔의 깊은 상처, 그 이후 크고 작은 사건이 하나둘이 아니다. 그래서 햇볕정책 등 북한을 평화의 장으로 이끌려 노력하기도 하는 등, 우여곡절을 겪고 있다. 역시 통일은 길고 긴 시간을 요할 것이다.

다음은 필자가 이미 밝힌 통일의 전제 조건이다.

* 통일의 조건 두 가지

1. 우리 남한 사회가 민주주의의 꽃을 피워 투명한 사회로 나아가고, 부패와 비리가 없는 시민의식이 살아 있는 선진사회가 되어야 함.
2. 북한의 김일성 체제가 무너져서 글로벌 시대에 열린 사회로 나아가고, 남북 경제의 차가 2배 정도로 그 격차가 줄도록 해야 할 것.

나의 예감

북의 김정은은 3년 내로 죽을 것으로 예감한다.

근거가 무엇이냐 물어 온다면, 신령한 느낌을 받았다고 할 것이다. 세속적으로는 대내외적으로 암투가 있겠다. 다시 말해 북한 내부의 분열, 그리고 중국 독점에 대한 미국의 모종의 조치가 있음을 쉽사리 느낄 수 있겠다. 아무튼 나의 예감은 벗어나지 않으리.
하나님의 가호로.

이 땅에는 왜 지성인이 없는가

왜 이 땅의 근대화에는 지성인이 없는가. 또한 지식층도 없다. 이것이 이 땅의 비극이며, 이 땅은 지금도 20세기의 비극을 고스란히 갖고 있다. 그것을 여태껏 한국의 지식인들이 간과한 것은 유감이 아닐 수 없다.

학문은 객관을 지향하나 문학은 현실의 모습을 보고 쓰기에 그 붓끝은 간단치 않았으리니 그들이 이국의 칼에 무릎을 꿇고 붓을 꺾어버린 것이나 다를 바 없었다.

육당은 친일의 문제 앞에 침묵하였으며, 춘원은 그 문제에 사죄하였다. 그리하여 이 시대에 빛나던 별들은 사라지었으니, 우리의 혼은 어디로 사라졌는가. 아아 아쉽다. 저 광화문 이 충무공의 동상銅像은 칼을 차고 있지 않은가. 이 땅이 어찌 평화를 사랑하는 〈붓의 문화〉를 가졌다 하리오. 그들 육당과 춘원이 우리의 얼을 지켜내었다면 근대화의 지성으로 남았으리오만, 그들의 이름은 바람에 흔들리고 있다. 그러면 왜 이 땅이 근대화의 시기에 정신을 잃고 말았는가. 민족 영혼의 고갈과 맑은 정신의 부재에서라 할 것이니, 한 세기 전의 문제가 지금까지 흘러 와서 우리의 현안이라 본다면 부끄럽기 짝이 없는 일이다.

창녀와 문명

창녀가 구원될 수 있느냐 없느냐가 동서양 문명의 한 특징을 보여준다. 단순히 말하면 성의 벽은 동양이 높았다 하겠다. 서양은 성의 관념이 동양과 달리 관대한 편이어서 평범한 아낙네와 창녀 사이를 오갔다 하였으나, 동양은 특별한 경우가 아니면 소음굴을 벗어나기 쉽지 않았던 것이다. 그만큼 그들은 비참한 성의 노예로 살았던 것이다. 서양의 성적 개방은 여성으로 하여금 소음굴로부터의 해방을 가능하게 했으나, 동양의 폐쇄적 보수성은 자못 위선적이다.

개방사회인가 폐쇄사회인가에 따른 창녀의 신분 이동은 사실 미미해 보인다. 폐쇄사회였던 조선시대 때 관기나 기생이 양반의 소실이 되는 것은 그나마 신분의 제약에서 벗어나는 통로였지만 통계자료를 볼 수 없으니 확실하지 않으나 그 숫자가 많은 것은 아니었고 멸시 당하는 풍조도 지속되었을 것이다. 평생 기생으로 지내고 퇴기가 되면 기녀의 시중을 들거나 주모가 되었을 터인즉 그 고달픔은 어찌 말로 다하랴. 《춘향전》에서 월매는 그래도 행복한 여인이다. 총명한 딸을 키우며 의탁하고 사는 일은 흔치 않은 일이었으니 말이다.

폐쇄사회가 신분이동이 어려웠다면 개방사회는 신분이동의 폭이 넓음에도 개인의 습관, 사회적 시각 등으로 유흥업의 범주에서 크게 벗어나지 못한 것으로 보인다. 문명의 발달이 밑바닥 인생의 구원에 미친 영향은 미미하다 하겠다. 우리 사회는 사람을 사람다운 인격으로 보는데 인색하다. 봉건 사회에서는 물론 21세기 작금에도 황금만능주의의 노예가 되어 숨을 몰아쉬니 창녀의 존재가 서기는 더욱 어렵다.

　문명의 발달과 창녀를 포함한 인간의 인격 존중의 날은 언제 올 것인가.

우민화 정책

우리나라가 일본제국주의의 총칼 아래 있을 때에 그들은 우리 민족을 우민화시켜 부려먹기 좋은 존재로 만들고, 또한 말살시키려고 한 사실은 익히 알려져 있는 일이다.

그런데 조선시대에도 상민이 글을 배우지 못하도록 한 것을 보면 전제주의 국가에서 지배층들의 얄팍한 술수가 있음을 알 수 있다. 그리고 현대에 와서 5공화국 정부가 국민 우민화 정책의 일환으로 야구 등 운동을 이용한 것을 알 수 있다.

최근의 7차 교육 과정에 따른 고등학교 국어 교과서가 국민을 우민화시키려는 의도로 파악된다면, 국어 교육 과정의 부재는 어찌 할 것인가. 어리석은 한민족이여, 대동일치 단결하여 우리 백성이 업그레이드되어야 투명한 선진 사회로 나아갈 것이 아닌가. 그런데 국민을 선도해야 할 사람들이 왜 국민 의식을 키우지 아니하고 어리석은 교육으로 우리 민족의 내일을 없애려고 하는 것인가.

7차 국어 과정 고등학교 교과서는 외화내빈의 모습이요, 수업 시간에 짜증내는 여러 모습에 교사는 어쩌란 말이냐. 그리고 그것이 사실로 입증이 된다면 누가 책임을 질 것인가. 책임을 지어도 이미 엎어진 손상은 누가 채울 것인가. 오호통재 대한민국 교육이여!

〈근사록〉 한 구

뭔가 다른 일이 있어서 공부를 할 수 없더라도,
공부에 대한 의지는 잊지 말고 있어야 한다.
잊지만 않고 있으면, 일상의 일에 접하더라도,
그것은 정성이 담긴 일이 되며, 모두가 도道가 된다.
공부를 잊는다면, 한평생 도에 의지했다 하더라도,
그것은 속俗된 일에 불과하다.

(사족) 학문 수양의 자세 그리고 늘 공부하려는 마음이여!

인간의 문제

인간이 존재하는데 있어 그 육체는 그저 동물적 생리적 욕구로
돌아가고 있다. 배고프면 목이 마르면 먹을 것을 구하고 물을 구하듯.

문제는 우리 인간의 정신(영혼이라 해도 좋다)이 불완전해서인데
이것이 부조리의 시발이다.
말하자면 우리의 정신이 우리의 육체를
그만 지배하지 못하고 육신의 욕망에 따라 가고 마는 것이다.
그래서 우리 인간은 정신을 닦고 수양하려고 애를 쓰고 산다.
이것이 없다면 그는 구도자가 아니다. 종교는 그러한 면에서 필요하리.

그러나, 더 큰 부조리의 출현은 그러한 부조리한 인간이 엉켜 사는
이 사회에서의 삶에 있다. 자식을 낳고 남부럽지 않게 살려는 욕구들이
부딪히면서 수양을 멀리하고 정신을 잃고 산다.
그래서 부조리를 줄이기 위해 속세를 떠나려는 것이 아니랴.

인간은 육체와 정신의 부조화 문제보다, 부조리한 사회 속에 던져지어,
자신의 구원과 사회로부터의 구원을 해야 하는, 이중의 구원을 해야
하는 존재이니, 붓다의 구도나 예수의 이 지상에서의 한계는 그 사회 구
원의 어려움을 말하는 것이 아니고 무엇이랴.
그러니, 아 우리 인간은 조물주, 천지창조 하나님, 절대자의 작품일진데
〈지옥의 계절〉에 붙들려 살다가는 지구라는 감옥의 죄인 아닐까…

6

교사인권 헌장

·
·
·

교사는 사명을 위해 노력을 다하며,
이를 저해하는 어떠한 방해도
받아서는 안된다

21세기 고등학교 국어 교과서의 방향

과학 문명이 예측할 수 없는 상태로 치닫는 때에 내일의 주역이 될 학생들에게 국어 교육을 통하여 사고력과 탐구력을 증진시키도록 하는 일이 어느 무엇보다 중요하다고 생각한다.

더구나 지금의 새로운 세대는 대체로 텔레비전이나 비디오, 컴퓨터 게임, 만화 등 '보는 문화'에 익숙한 것이 사실이고 보면, 학교에서는 그들의 부족한 점을 메워 주고, 선도해 나가야 한다. 혹자는 교육이 서비스가 되어야 하고, 그들의 취향에 맞게 나아가야 한다고 하나, 이는 교육이 갖는 학습學習과 훈육訓育에서 후자를 도외시한 결과로 교육 위기를 부른 가장 큰 원인으로 보인다.

학교에서 학생의 생활과 정서에 지대한 영향을 주는 훈육을 제쳐 둔다면 학교에서는 대체 무엇을 배울 것인가. 훈육을 멀리함은 공교육의 포기라 할 수밖에 없다. 아울러 교과서 제작시 그러한 내용을 바탕으로 사고력과 창의력을 키워주는 학습 연구가 잘 되어야 함은 매우 절실하고도 중요하다. 그래야만 교과서가 책의 범본範本이 될 수 있을 것이다.

최근 7차 고교 국어 교과서는 안타깝게도 학생의 기대에 부응한 그림 중심이다보니 사고력이나 창의력에 별 도움이 되지 않으며, 그 장르적 접근에서도 균형을 잃었으며, 한국인으로서의 고른 교양을 갖추는데 부족한 교과서이다. 그림으로 범벅이 되고, 우리 문화를 이해하는데 미흡하다. 게다가 옛날에 우리 선배들이 배워온 내용에 비해 지나치게 빈약하다. 이 시대는 정보화 사회요, 그 정보의 판단력을 좌지우지할 언어적 상승은 꼭 필요한 것이라 키워주어야 마땅할 것인데, 7차 교육과정은 새롭다고는 하나 고등 국어 교과서는 정신없이 만들어진 책으로 보인다. 이에 대한 논의는 책의 삽화와 그 구성 등에서 쉽게 찾을 수 있다. 필자의 눈에는 국민을 우민화 시키려는 책으로 비치기도 하였다.

그러므로 이제 우리의 교과서가 나아갈 방향은 섰으리라.
아 민주 시민으로 육성하여 명실상부 일등 국민, 선진 시민이기를 염원하고 바라는데 국민 공통교육 과목인 국어 교과서는 우리 국민을 어느 사지로 내몰려 하는가. 또 누가 책임질 것인가. 뻔하게도 그 책임자들은 강변을 해댈 것이다. 네가 7차 과정의 진정한 의미를 모른다는 등... 더러운 인문주의여 물러가라!

교사인권 헌장

1. 교사는 학생을 교육하고 지도 선도하는 숭고한 사명을 갖고 있다.

2. 교사는 사명을 위해 노력을 다하며, 이를 저해하는 어떠한 방해도 받아서는 안된다.

3. 교사는 학급 운영과 교과 운영을 민주적·효율적으로 하여야 할 권리를 지닌다.

4. 교사는 학생지도에 진력하는 만큼 이에 대한 인식을 범국민적으로 고양시켜야 한다.

5. 교사는 국가의 미래를 책임지고 있기에 그 권리를 가시적으로 보여 주어야 한다.

6. 교사는 학생의 미래를 위해 지도하고, 국가의 발전에 초석이 된다는 의미에서 교사의 권리를 옹호하는 조치는 물론, 학생에 대한 민주적 지도권을 주어야 한다.

나의 교사 십계명

하나, 교실에서 즐거운 시간이 되도록 최선의 준비를 다하라.

하나, 학생들에게 싱그러운 미소로 대하라.

하나, 칭찬을 아끼지 말되, 잘못한 일이 있어 이를 꾸중할 때는 그 이유를 밝혀주라.

하나, 하루에 몇 번이라도 서로 인사를 하도록 하라.

하나, 가능한 한 많은 학생들에게 진심으로 관심을 가지라.

하나, 학생의 입장을 충분하게 생각하고, 인내와 겸손의 미덕을 보이라.

하나, 학생들의 학습이나 생활을 친절히 도우며 봉사하는 자세를 늘 가지라.

하나, 후회 없는 수업 시간이 되도록 하라.

하나, 학생들의 이름을 부르도록 하라.

하나, 유머 있고 실력 있는 교사가 되도록 자기 연찬을 게을리하지 마라.

학생 십계명

하나, 항상 즐거운 마음으로 등교하도록 하라.

하나, 공부하는 시간과 쉬는 시간을 구분하라.

하나, 오늘의 최선이 내일을 있게 함을 명심하라.

하나, 선생님을 존경하고, 각 선생님의 장점을 자기 것으로 만들라.

하나, 힘이 들 때일수록 자신의 꿈을 늘 상기하라.

하나, 친구들과 신의로 사귀라.

하나, 열심히 공부하는 것이 사회에 봉사하는 지름길임을 명심하라.

하나, 예습과 수업과 복습에 충실하라.

하나, 현재의 순간을 행복으로 여기고 감사하는 마음으로 생활하라.

하나, 오늘 배운 것을 생각하고 내일은 무엇을 할 것인가 예비하라.

낙엽론

낙엽은 이 계절이 다가오면 다시 제 집으로 간다. 갈 집이 어딘지는 그나 나나 모른다. 낙엽이 나뭇가지에서 떨어져 내릴 때 나는 살아서 그 모습을 본다. 그런데 참 이상하게도 낙엽의 끝을 보는 것 같지 않다. 그가 안식처로 가는 듯한 느낌이다. 낙엽이 가야할 세계, 낙엽이 가는 세계가 궁금하다. 나에게도 이 세상에서 떨어질 때 누군가 안식처로 갔겠구나 말해 줄 이 있을까.

낙엽은 씨도 없이 간다. 그래도 얼은 살아서 새 잎으로 부활할 거다. 그 부활을 믿는다. 확실히 예수의 부활을 믿는 이들 만큼. 또한 세상의 많은 혼들은 부활할 것이다. 그 모습 그 산 대로.

청소부는 새벽부터 낙엽 치우기에 바쁘다. 쓰레기로 아는 이 많으나, 그 중에는 낙엽의 명복을 비는 이 있으니 성스러운 청소부라 할 것이다. 단순한 명복이 아니라, 부활의 소리를 기다리느니, 이 청소부를 성자로 부르고 싶다.

학창시절에 대부분 그렇듯이 고운 낙엽을 책갈피에 넣어 둔 적이 있다. 책에 물이 들고 낙엽은 말라 있었다. 그때의 향기는 너무 좋았다. 부활의 향처럼. 효석孝石은 낙엽을 태우면서 부활의 내음새를 들었으리라. 수많은 낙엽이 재생의 길을 갈 때의 향기란 커피 타는 내음새도 아니고 낙엽의 혼을 위한 제향祭香이다.

낙엽은 말을 할 줄 알고, 지나가는 나그네의 발걸음이 갖는 마음을 읽을 줄 안다. 그래서 낙엽은 저 세상의 신비를 그리워하고 이 세상, 다만 일 년일지라도 이 세간世間을 다 이해할 줄 안다. 그래서 낙엽의 인생은 우리의 인생과 닮았다.

당일 개성관광

2008년 8월 3일 5시에 기상, 집에서 6시에 출발하여 6시 30분 임진강역 주차장에 내렸다. 그리고 나서 셔틀버스로 남북출입사무소에 도착하였다. 그곳에서 개성관광객증을 받고, 주의사항을 듣고 나서 개성으로 가는 관광버스에 올랐으나, 북측(그곳에선 북한을 이렇게 부른다)의 통제로 9시경에 출발하였다.

군사분계선을 통과 북측 입경 수속을 받으니 이북 땅에 내린듯하였다. 아 짧은 이 거리를 오는데 얼마나 많은 시간을 보냈는가. 〈금강산피격사건〉을 보고서도 개성을 가는 것은 통일의 맥을 이으려는 작은 소망이 담겨 있고, 나의 어머니 고향이기도 해서다.

박연폭포로 가는 길. 초라한 집들과 옥수수밭이 펼쳐져 있었다. 편도 길인데 마주치는 차는 한 대도 없었다. 1950년대의 우리 농촌 모습이었다. 안내원에게 쌀농사는 짓지 않느냐고 물으니, 산악지대라서 쌀을 안 심는다는 것이다. 내가 보기에는 쌀보다 옥수수가 수확량이 많기 때문인가 싶었다. 불쌍해 보이는 저 백성을 누가 살리어 낼 것인가.

박연폭포 주차장에 도착. 200미터 정도 오르니 높이 37미터의 폭포가 보인다. 황진이는 이곳을 서화담 그리고 자신을 일컬어 송도삼절이라 했으나… 개성촌년 냄새가 났다. 이 정도의 폭포는 설악산에서도 볼 수 있으리오만… 어제 비가 와서인지 수량은 풍부하였다. 이곳에서 왕건릉이나 공민왕릉으로 이동하여 보면 좋을 것을 등산코스도 아닌 관음사를 보라는 주문이다.

댕그러니 부처 하나와 약수터, 조그만 사찰을 보기엔 시간이 아까왔다. 천마산인가 이곳 바위에는 시인 묵객의 흔적이 서려 있고 박연폭포에도 이름을 새기어 놓았다. 후세에 누가 알아 줄 이도 없는데… 금강산과 마찬가지로 김일성 찬양구도 바위에 크게 새겨져 있었다. 금강산 기행 때 안 것이지만 그것을 지워버리는데 시간이 얼마 안 든다고 한다.

박연폭포를 출발 개성 시내를 들어서니 차가 보이지 않는다. 허름한 아파트, 활기 없는 사람들 – 도대체 저들은 세계화의 지구촌을 전혀 모르는 사람처럼 보였다. 흰 저고리에 검정 치마를 입은 대학생도 보였다. 자전거를 타는 사람이 자주 눈에 띄었는데 그들의 주요 운반수단인가 보다. 걷기나 자전거 타기가 일상이 되어 있으니 비만한 사람을 볼 수 없었다. 이것이 축복인가보다 싶었다.

점심때가 되어 간 곳이 민속여관내에 식당이다. 13첩 반상기를 내어 놓았는데, 놋그릇에 정갈하게 담겨져 있었다. 밥이 좋지 못하는 등 맛은 별로였고, 약식은 어머니의 손끝과 같이 맛이 있었다. 민속여관은 관광객이 묵는 곳이나 문이 잠겨 있는 것으로 보아 손님이 별로 없는듯 싶었다. 500년 역사의 고도를 내팽기친듯한 느낌이었다. 개성사람과의 완전한 단절. 북의 장막은 얼마나 지나야 벗어날 것인가.

숭양서원, 선죽교, 표충비 등은 모두 정몽주를 기리는 곳이다. 개성을 정몽주시라고 불러도 손색이 없을 것 같다. 정몽주의 생가터를 개조하여 서당을 만들었다가 선조 때 사액된 숭양서원은 대원군 때의 서원 철패로 남은 47 서원의 하나란다. 선죽교, 이성계일파에게 철퇴에 피살된 곳 – 죽은 곳에 핏자국이 남아 있었다.(일설에 따르면 김일성이 페인트칠을 하라고 했다 한다) 표충비는 그의 충절을 기리기 위해 영조와 고종이 각각 하사했는데 비 아래에 기단으로 쓰인 거북바위가 엄청났다. 13톤이라나.

마지막 코스가 고려박물관. 기대를 하고 갔으나 초라하기 그지없다.

고려의 최고 학문기관인 성균관을 이용해 박물관으로 쓰고 있는데 허술하였다. 일제 때 일본이 다 가져 갔는가. 공민왕의 능 안을 재현해 놨는데 초라하기 짝이 없고 일제 때 도굴되어 엄청난 문화재를 잃었다는 것이 해설자의 설명이다. 고려청자도 국보급은 아닌듯싶었고, 오히려 이제현의 묘석이 인상적이었다. 날씨가 무더워 야외 돌비석, 석등 등은 그저 지나쳤다. 1박은 해야 무언가 볼 수 있을 것 같다.

박물관 앞 상점에는 살 거리가 별로 없었다. 아내가 고사리를 사자고 하여 10불을 주었다. 기념품인 셈이다. 그들의 공업 능력으로 봐서 10년이 안되어 커다란 일이 벌어지리라 생각한다. 베일 속의 불쌍한 백성들, 낙후된 거리, 후락한 문화재… 북정권은 통치능력을 상실하고 있었다.

10년 이내 그들은 밝은 세상으로 나오지 않으면 자멸할 것이다. 돌아오는 길 속에서 나의 가슴에는 그리운 어머니만치 비가 내리고 있었다.

중국기행
-역사의 향과 비경

중국 수도 천 년의 역사를 간직한 서안西安을 둘러보고 장가계와 원가계의 기묘한 경치를 보며, 야간 열차를 이용해 도착한 계림의 이강을 지나며 산수를 즐기는 것은 중국 기행의 하이라이트인지 모른다.

서안은 약간 잿빛으로 덮여 있었는데, 그 관문이라 할 오랜 성곽 북문을 만났다. 만리장성보다 길이는 짧으나 그 크기와 견고함이 돋보였다. 서안에서 보았던 유적을 통해서도 알 수 있듯 이곳은 천년의 고도古都를 잘 보여준다. 인근 비림(碑林 비의 숲)에서 왕희지와 안진경의 글씨를 육안으로 볼 수 있었던 것은 큰 즐거움이었다. 사람이 많아 찬찬히 보기 어려운 것이 아쉬움으로 남았다. 현장이 인도에 가서 가져온 불경을 모셨다는 대안탑, 온천이 있는 곳으로 당唐 현종과 양귀비의 사랑으로 유명하고, 장개석의 서안 유폐 장소인 화청지華淸池를 보는 것은 역사의 감회를 주기에 족했다. 그리고 이 곳은 여산廬山 아래로 조선 문인들이 절경이나 무릉도원으로 그리던 곳이기도 하다. 여산을 여러 번 바라보았으나 설악산보다 나은 것은 아니라고 느꼈다. 혹시 조선시대 사대事大 사상이 아니었을까.

서안의 압권은 진시황릉과 병마총이다. 중국을 통일하고 포로를 이용해 만든 이 능과 그 주변이 한나라 유방 때에 병마총이 거의 부셔졌다고 하는데 지금은 어느 정도 복원 되어 있다. 그러나 아직 그 발굴이 다 된 것도 아니어서 그 규모나 모습을 잘 알 수 없었고, 진시황의 능은 산이어서 계단을 오르는 것 자체가 능의 산책이었다. 과연 저 만리장성과 이 곳의 불가사의한 일들이 일어난 것은 상식으로는 이해하기 어려운 일이었다. 복원되어 전시된 병마총 하나하나마다 그 표정이 다르다니 그 노고를 가히 짐작할 수 있겠다. 중국 정부는 이곳을 크게 개발할 모양으로 개발이 한창이었다. 그 외에 이곳저곳을 보았는데 규모가 큰 것을 빼고는 그리 큰 감흥은 없었다.

장가계와 원가계는 그 절경이 규모에 있어서는 그랜드 캐년, 그 아름다움에 있어서는 금강산에 비견되는 곳으로 기암괴석의 연속은 탄성을 발하게 하였고, 그 관광 개발도 잘 하여 케이블카와 360여 미터의 고속 엘리베이터 등 유람 연계가 아주 잘 되어 있었다. 이곳 관광지는 한국인이 주류를 이루고, 대체로 우리 돈이 통용되는 곳이었다. 겨울 산의 아름다움이 이만하다면 절경의 뛰어남을 말하지 아니할 수 없다. 황룡동굴의 거대한 규모와 아름다움은 잊지 못할 것이고, 또한 인근의 호수와 노랫가락은 풍류를 보이기에 충분했다. 이곳에서 다가온 것 중의 하나는 전체 유람의 연계와 자연보호로 우리가 본받을 만하다고 여겼다. 그러나 아직도 그 근처의 식당이나 마을은 자연의 경관과는 거리가 있다. 다리품이 들고 힘들었으나 자연의 오묘함과 그 미의 극치를 춘경에는 충분히 감흥을 느꼈다.

장가계역에서 계림으로 13시간여 가는 야간 열차는 오랜만에 여행의 참맛을 주는듯했다. 그동안 여행에 피곤한 탓이거나 탐승에 지친 나머지, 자정경에 잠에 들고 새벽녘의 풍광을 보았으나 중국의 대부분의 자연이 대개 비슷한 것임을 생각하면 아쉬울 일은 아니었다.

계림의 아름다움은 이강을 배로 지나며 감상하는 것이었으나 장가계, 원가계에서 한껏 높아진 눈이 그 외의 아름다움을 허용하기 어려웠다. 그러나 1박 2일의 계림관광으로 그 곳을 다 말하지는 못하지만, 비경이라 생각한다. 일주일간의 기억에 남을 즐거운 여행이었다.

158

존재 인식과 위기의식의 시적 진실
―이종우 시와 산문집 《임진강을 넘어서》

존재 인식과 위기의식의 시적 진실
―이종우 시와 산문집《임진강을 넘어서》

김송배 | 시인·한국문인협회 부이사장

1. 들어가면서 ― 상황 설정

현대시의 요즘 경향은 대체로 자아自我를 인식하는 지적 성찰知的省察을 전제로 한 상상력의 재생이 주축主軸을 이루어서 현실적인 갈등이나 고뇌들이 화해하고 새로운 인생관이나 가치관 형성의 교시적敎示的인 언어로 표출表出되는 경우를 흔히 대할 수가 있다.

우리 시인들은 이처럼 실생활real life과 밀접한 관계를 유지하면서 자신의 체험에서 획득한 상상력이 창조적인 시적 진실로 승화할 때 그 작품의 주제나 표현 언어에서 감동하는 희열喜悅은 필설筆舌로 형언形言키 어려울 것이다.

여기 이종우 시인이 상재하는 시와 산문집《임진강을 넘어서》를 일별하면서 이와 같은 상념을 제시하는 것은 그의 작품 전체에서 풍겨나오는 향내가 우리들 인간의 애환哀歡이 시적 모태母胎로서 누구에게나 공감할 수 있는 인간사人間事의 문제들을 심도深度 있게 형상화하고 우리 인간의 인식과 의식을 통해서 새로운 메시지를 적시함으로써 시적 지향점에 쉽게 접근하게 하고 있다.

이종우 시인은 그동안 시집으로 《사랑과 죽음 사이》(1975) 《환상이 실재될 때》(1988) 《이 시대 살아 있는 시를 위하여》(1995) 《참회의 뜨락》(2000) 《시는 나의 살음 Poem's my Live》(2003) 《세월의 강을 바라보며》(2007) 등 여섯 권을 상재하여 그동안 우리 문단에 많은 관심을 모은 바가 있다.

새로운 도약을 위하여 쓰거니와, 시가 추구하는 세계에는
철학과 소명召命이 있어야 할 것이다.
철학을 통하여 보편성을 지향하고, 소명을 통하여 맑은 샘물 같은
시어를 보여 그러한 정신을 표출해야 할 것이다.
--중략--
시는 삶의 여가에서 나오는 한류閑流가 아니다.
치열한 삶의 문제에 고민하고, 존재의 탐구(나는 무엇인가에 대한 해답)에
대한 깊이 있는 세계로 나아갈 때에 시는 생명력을 얻는다.

그는 '자서'에서 이미 밝힌 바와 같이 '철학과 소명'의 의식을 가장 중요한 시적 덕목德目으로 설정하고 '치열한 삶의 문제에 고민하고 존재의 탐구'를 통해서 시의 생명력을 강조하고 있다.

한편 그는 이 시집에서 문학론적인 산문도 다수 수록하여 독자들에게 문학의 접근과 이해에 도움을 주고 있는데 하나의 시론집의 역할도 충분히 감당할 것으로 사료思料되어서 그가 지향하는 문학의 구조나 그 정신을 통한 문학인구의 저변확대에도 기여하기를 기원하는 마음이다.

대체로 그가 칼럼이나 산문형식으로 발표하는 내용들을 일별해보면 '문학적 자존', '시의 이해', '시로의 여행', '시의 논리', '문단 풍토와 문인 배출문제' 등 현재의 문단과 문학에 대해서 예리한 담론으로 현실 상황

을 비판하거나 개선 방향을 제시하고 있다.

또한 김소월과 김동환, 윤동주, 김남조, 김양식, 오규원, 정한톤 시인들의 작품을 분석하여 주제의 연결성과 그 메시지가 우리들에게 제공하는 시적 진실은 무엇인가를 세밀하게 적시하고 있어서 공감의 영역을 확대하고 있다.

> 시간이 없다고 시 쓸 시간이 없다는 것은
> 시정이 메말러서고, 게을러서다
> 큰 위안을 버리고서 어디서 찾으리.
> 좋은 친구 옆에 두고 어디서 찾으리.
>
> 지금은 전화戰禍가 안방에서 난리인데
> 시 쓰는 일이 배부른 일인지도 모른다
> 죽음이 오고 가는 바다의 바람은 알까나
> 시심을.
>
> — 〈시심을 찾아서〉 중에서

그렇다. 이종우 시인도 '존재의 탐구(나는 무엇인가에 대한 해답)'를 위해서 오늘도 '시심'을 찾아서 분주하게 사물과 관념 사이를 왕래하고 있다.

2. '나'를 통한 자아의 인식구조

이종우 시인은 이처럼 '나'를 통한 인식구조에 깊이 탐닉耽溺하고 있다. 이는 자아에 대한 과거에서 생성한 상상력들이 현재의 모든 실상들과 '인간의 문제'가 서로 상충相衝하면서 빚어지는 우리 인간들의 혼란으로 재생되어 그 악순환이 지속적으로 일각一角에서 혼재混在함을 간과看

過하지 못한다.

　그는 산문 〈인간의 문제〉라는 글에서 "더 큰 부조리의 출현은 그러한 부조리한 인간이 엉켜사는 이 사회에서의 삶에 있다. 자식을 낳고 남부럽지 않게 살려는 욕구들이 부딪히면서 수양을 잊고 정신을 잃고 산다." 라는 현실적인 고뇌를 털어놓고 이에 대한 성찰을 투명하게 현현하고 있다.

　　가슴이 따스한 이에게도 외로움이 있다.
　　기도 뒤에 다가오는 허무함이 있다.
　　이기에 가득 찬 동무도 있고
　　뜨거운 가슴 주고 싶은 헐벗은 이들도 많다.
　　내가 있음에 온갖 것이 존재하고 있음에
　　나는 또 묻노니, 나는 어디에 서 있는가고.

－〈어디에 서 있는가〉 전문

　그는 위의 작품에서 적시한 바와 같이 나는 '어디에 서 있는가'라는 의문에 정서의 지향성을 두고 있다. 이러한 존재에 관한 회의懷疑가 그의 시적 원류에 깊게 흐르고 있는 것은 그의 의식consciousness에서 '외로움'과 '허무함'이 상존常存하는 이 현실적인 고뇌가 그에게서는 '내가 있음에 온갖 것이 존재하는 이유'를 절감切感하면서 그 이유를 묻고 있다.

　그는 '저 숲은 나의 어리석음을 잘 알고 있다. / 저 강은 나의 속좁음을 잘 알고 있다. / 아침부터 그대들을 망각하기에. // 모든 것이 헛되다고 외치기만 하지 / 허무의 자락도 못 만지며 / 무거운 아침을 맞는다.'(〈건강을 위하여〉 중에서)'는 화자의 어조와 같이 '어리석음'과 '속좁음'이 사물적인 '숲'과 '강'으로 이미지화한 대칭적인 은유의 시법에서 우리는 자아의 인식구조를 명징明澄하게 확인할 수 있다.

　　더불어 사는 삶을 체득하기까지 긴 시간이 필요했다.
　　나눔도 모르고 사랑만을 그리워했다.
　　이 지상의 수상한 짓거리에
　　눈 감고 지내 왔으나
　　이제는 붉은 먼지 날리는
　　험한 거리를 못 본 척 못 하겠느니!
　　인간은 사고思考의 동물,
　　나의 전신은 진화해야 한다.

　　가르치고 배움에 부족하여
　　먼 길을 떠난다. 더불어 살고
　　나누며 살고
　　진실한 사랑을 찾아서
　　남은 목숨을 던져야겠다.

– 〈결의〉 전문

　그러나 위의 작품에서 알 수 있는 바와 같이 '더불어 사는 삶을 체득하기까지 긴 시간이 필요했다. / 나눔도 모르고 사랑만을 그리워했다.'는 그의 비장한 '결의'를 위한 전제前提가 자아 성찰로 단정하고 있다.
　그는 이러한 현실적인 인간 부재의 불합리나 부도덕의 상황들을 지금까지 '눈감고 지내 왔으나' 우리들이 절실하게 체감體感하려는 시적 진실을 위해서 '험한 거리를 못 본 척 못 하겠느니'라는 강한 어조로 그의 '결의'를 다지고 있다. 이와 같은 인간의 심저에는 누구에게나 진선미眞善

美를 향한 고결한 정서가 중심축을 형성하고 있지만, '이 지상의 수상한 짓거리'를 못 본 척하는 현대인들의 심리를 잘 반영하고 있어서 그가 결론으로 적시하는 '더불어 살고 / 나누며 살고 / 진실한 사랑을 찾아서 / 남은 목숨을 던져야겠다'라는 어조는 우리들을 공감하게 하고 있다.

> 세월의 저편 아스라이 보이는 나의 언덕에
> 꽃이 피고 부활의 향이 오르는 꿈길에서
> 날으는 새와 같이 사랑의 하늘을 바라보면서
> 그대와 같이 사랑의 동산을 만들 수 있으랴
>
> — 〈다시 한번 열정이여〉 중에서

이종우 시인은 '다시 한번 열정'을 갈망하고 있는데 이는 자아의 결단으로써 '세월의 저편 아스라이 보이는 나의 언덕'이라는 과거의 반추反芻를 통한 자성과 더불어 새로운 '부활'을 꿈꾸고 있다. 여기에서 주된 모티브는 '사랑의 하늘'이며 '사랑의 동산'이다.

그는 결국 '나'를 축으로 한 인식을 자아와 존재의 이유를 궁극적인 주제로 천착穿鑿하는 경향을 이해하게 되는데 이는 그가 현대인들과 현대의 문명들에 대한 다양한 갈등들이 복합적으로 생성하는 우리들의 공통된 고뇌를 그의 시정신 속에 용해鎔解하여 시의 본령本領으로 화해하는 시법을 구현하고 있는 것이다.

3. 가치관 재생과 갈등의 화해

현대시의 위의威儀는 자의식의 동반을 통해서 작품 창조에까지 고양시키는 정신활동으로서 의미, 이미지, 리듬 등을 지닌바 감득感得 작용을 가지고 있는데 그것은 미美나 진眞에 대한 수동적인 감응뿐만 아니라, 현대에 와서는 시대적 비평이라고 하는 지적인 역할도 적극적으로 담당하게 된다.

이종우 시인은 이러한 시적 위의의 실현을 위해서 성찰과 재창조의 시적 신념은 불변하고 있다. '세상 바람에는 겨울 끼가 있다. / 내 몸이 아니 풀려서인지 봄은 서서히 왔다가 / 금방 사라지는 듯하다. / 화초는 화들짝 피어 지는 날을 기다리는 듯하고 / 이것이 내 마음이라면 나는 봄에도 겨울과 싸워야 한다. / 얼어붙은 마음과 싸워야 한다.(〈시심을 찾아서〉중에서)'는 그의 가치관을 재생하면서 '시심'을 통한 새로운 관조觀照와 병행하는 사유의 지향점이 분사噴射되고 있다.

새해에는 우리의 마음이 맑게 열리어
어두운 그늘에 환한 빛으로 비추고
거리마다 바른 양심이 차고 넘쳐
모두가 행복한 마음의 나날이어야 하느니

새해에는 우리가 물질의 풍요를 바라기보다
우리의 정혼精魂을 살찌게 하여
이웃에게 꼭 필요하고 참으로 베풀 줄 알아
가난하고 소외된 이들의 아픔을 보듬어야 한다.

위의 작품 〈새해의 꿈〉중에서 읽을 수 있는 것과 같이 '새해'라는 세월의 변화와 시간성의 출발점에서 스스로 다져보는 일종의 각오가 적나라하게 적시되어 있으나 이는 개인적인 보편적 '꿈'이 아니라, 우리 인간들의 고질적인 갈등을 해소하고 새로운 정신(또는 시정신)과 융합融合하려는 창조적인 '꿈'임을 알 수 있다.

그는 이러한 그의 소회所懷를 다음과 같이 정리하고 이다.

- 가난하고 소외된 이들의 아픔을 보듬어야 한다.
- 사랑의 꽃이 뿌려지고 피어나는 나날이 되어야 하느니
- 남을 먼저 생각하는 이타利他의 불꽃을 지펴야 한다.
- 순수로 넘쳐 빛나는 터전이어야 하느니
- 공평히 살아가는 나라가 되어야 한다.
- 밝은 조국의 내일을 만들어야 하느니
- 즐거이 자신의 일을 다하는 / 활기찬 터전이어야 한다.
- 아직도 저 동토凍土에서 순박하게 사는 동포들을 위해 / 통일의 문門 그 빗장을 열 준비를 해야 하고
- 우리의 의식이 거듭나고 우리의 양식良識이 살아나서 / 제2의 한강漢江의 기적으로 나아가야 하느니
- 거리마다 바른 양심이 차고 넘쳐 / 모두가 행복한 마음의 나날이어야 한다.

보라. 이종우 시인의 사유와 정서에는 이와 같은 사회적인 화합이 인본주의humanism의 본령을 벗어나지 않는 언어로 잠언箴言과 동일한 메시지를 적시하고 있다. 일찍이 영국의 비평가 리처즈는 일상생활과 정서생활과 시의 소재 사이에는 별차이가 없고 이러한 생활의 언어적 표현은 시의 테크닉을 사용하게 되어 있을 뿐이라는 말과 같이 시의 사회적인 교감이 어떤 때에는 우리들의 좌우명과 동류의 메시지를 제공하기도 한다.

이러한 그의 주관主觀-subject은 자아가 주체가 되어 그가 갈구渴求하

는 대상에 작용하는 개성적인 내용으로써 형상화한 것인데 일반적으로
는 개인적인 표명表明의 언어가 사회성을 동반하는 시법으로 가치관을
재생하는 역할을 다하고 있다고 할 수 있다.

　　임진강을 넘어서
　　헐벗은 북녘에 햇살을 비추라
　　임진강 언저리 통제선을 부셔라
　　아, 현실은 찬바람에 서슬 퍼래서
　　도와 줄 나라는 없구나 그러니
　　우리의 힘으로 서로 만나고 만나서
　　임진강을 넘어서 압록까지 그래서
　　한라에서 백두까지 혈액을 돌게 하자
　　둘 아닌 하나 된 우리로 살자
　　하나로 거듭나자.

– 〈임진강을 넘어서〉중에서

　이 작품은 우리가 당면해 있는 통일의 문제를 심도 있게 다루고 있다.
이러한 시의 사회성은 많은 시인들이 사회적인 병폐나 부조리에 대한
교시적인 반론이나 기원을 담아서 우리들과 교감하는 경우를 흔히 대할
수 있다.

　이종우 시인도 시의 사회성에 관하여 민감하게 반응하고 있다. 시의
사회성은 우리 인간은 고립된 상태에서 살아나갈 수가 없으며 어떤 형
태로든지 서로 교류하고 집단을 이루며 사회를 형성하다보니 우리 시도
그 사회 생활에서 이탈할 수 없다. 시는 의식적이든 무의식적이든 사회
의 현실에 직면하여 거기로부터 다양한 주제를 탐색하게 된다.

이러한 시적 상상력을 가지고 우리의 분단 현실을 이종우 시인은 국민적 화해의 차원에서 '둘 아닌 하나로 된 우리로 살자 / 하나로 거듭나자'라고 어조를 높이고 있는 것이다. 그는 다시 '우리는 하나 될 날을 위해 / 지혜롭게 경영해야 하노니 / 언 땅에서 꽃이 필 때까지 / 한 가슴으로 나아가야 하노니(〈김정일 사망〉 중에서)'라고 민족적인 화해를 유로流路하고 있으며 '겨울의 한낮 속에서 / 아픔에 함께 떨고 있다. / 아픔은 언제 멈추일 것인가 / 이 내 몸은 곧 나으리라. / 그러나 임진각 언저리는 / 긴 세월을 아파해야 하리.(〈겨울 통증〉 중에서)'라고 우리들의 통일 염원의 성취를 간절하게 희구希求하고 있음을 알 수 있다.

4. 위기의 자연과 기원의 해법

우리 시인들은 자연과 대하게 되면 우선적으로 친자연에 관한 서정성을 표출한다. 그러나 이종우 시인은 자연에 대해서 형용할 수 없는 위기의식을 가지고 있다. 요즘 현대시의 경향도 인본주의를 기저基底로 해서 자연관을 중시하는 시법으로 전환하는 경향을 많이 발견하게 한다.

현대시의 기능이 인간의 존엄과 존재의 근원을 창출하는 것도 대단히 중요하지만, 자연의 파괴와 오염은 결국 우리 인간들을 멸망시킨다는 원론적인 사유에 도달하면 자연서정보다는 위기의식을 극복하는 기원의 해법을 탐색해야 할 것이다.

가을이 오면 꽃은 노래를 한다
차가운 바람에 날려서
너는 끝으로 가지만
새로움의 시작으로 간다.

너의 흔들림은 살아 있노니
죽음의 노래를 부르지 마라
나에게 들려다오
너의 가슴 저린 숨결을

가을이 오면 너의 새 소리를 듣는다
지난 겨울이 따뜻했듯이
오 너의 모습 그 따스한 소리를 보노니
그대여 들려다오 그대 이 지상의 마지막 말을.

– 〈꽃의 노래〉 전문

이 작품에서 보면 '꽃'이 던져주는 메시지 '죽음의 노래를 부르지 마라'거나 '그대여 들려다오 그대 이 지상의 마지막 말을'이라는 어조는 보편적인 관념의 노래가 아님을 감지할 수 있다. '너의 끝'과 '너의 흔들림' 등이 전해주는 이미지나 그 속에 내포內包되어 있는 메시지는 우리 인간들에게 경종警鐘을 울려주고 있다.

마을 뒷산에 스며 살던 음성들은
하늘에 닿은 건물들에 보이지 않고
해맑이 모래는 빛나 멱감던 시내는
시커먼 오수로 물들어

배부름이 더러움을 부르는 시대
그리고 치워야 하는 뒤엉킨 시대.
고향이 없는 아이들은 거친 거리에서

속 빈 마네킹을 사람으로 알고 산다.

헐벗었어도 옛날이 만지고픈 석양 앞에서
내일의 해를 걱정하느니
마을 뒷산에 살던 음성이여
귀를 뚫고 마음을 뚫고 오시라.

- 〈실종〉 전문

이 작품에서도 자연의 위기는 더욱 심각하다. '멱감던 시내는 / 시커먼 오수로 물들'고 '고향이 없는 아이들은 거친 거리에서' 방황하고 있다. 이처럼 '실종'의 시대를 살아가는 우리들은 '속 빈 마네킹을 사람으로 알고' 살고 있는 것이다.

그는 '시작 노트'를 통해서 "이 땅에는 신령한 말씀이 스며 있는데 / 우리는 여기에 귀 기울이지 않고, 문명을 / 앞세우거나 인간의 욕심을 내세워 우리를 / 병들게 하고, 인간다움을 잃고 있다. 그리하여 실종된 말씀의 진리와 그 바로잡음을 / 간절히 바라고 있다."라고 명시함으로써 그가 평소에 간직한 인간과 자연에 대한 '실종'의 모티브가 생생하게 살아나고 있음을 알 수 있다.

이러한 이종우 시인의 의식의 흐름은 작품 〈은하수를 찾아서〉에서 "은하수 같은 사람들도 사라졌나 보다 / 삭막한 살이에 쳐다 볼 하늘이 없으니 / 갈 길 잃은 나그네만 서성이는 이 지상에서 / 은하수를 찾아서."라거나 작품 〈웅덩이 앞에서〉에서 "구름 같은 살이 / 구름밭에 내 생명의 씨를 뿌려 / 허무의 덫을 벗어나려나" 그리고 작품 〈잃어버린 고향〉에서 "아, 오수汚水 흐르는 개천 / 성냥갑 아파트 / 거리를 메운 낯선 이들 / 농약에 찌든 벌레가 득실거리는 곳" 등의 어조가 자연 파괴의 아

172

품을 잘 적시하고 있다.

이러한 위기의 자연에 대해서는 그가 표출하는 화해나 극복의 의지는 없는 것인가. 그는 이러한 화해의 언어는 "저녁 무렵 서녘에 붉은 구름 서리고 / 한강의 다리는 수많은 달을 쏟우네 / 한강은 살아서 물고기들이 펄덕이고 / 쓰레기 산은 짙은 녹음으로 다가오네.(〈한강의 일모日暮 중에서)"와 같이 한강의 물고기가 살아서 펄덕이는 세계가 도래到來하는 것을 예감하고 있다.

이제 여기서 이종우 시와 산문집《임진강을 넘어서》에 대한 읽기를 마무리해야겠다. 그가 이 시집을 통해서 대체로 '나'를 통해서 자아를 인식하는 점에 많은 작품을 할애하고 있으며 또한 거기에서 재생된 존재의 문제는 바로 새로운 가치관의 형성으로 현실적인 갈등요인을 화해하는 것과 자연의 위기를 절감하면서 그 기원의 해법을 구현하려는 그의 정서를 이해하게 한다.

이종우 시인은 휴머니즘의 근본 원류를 상실하지 않기 위해서 자연서정을 통해서 사회적인 비평을 적절하게 구사하는 시법을 읽을 수 있는데 "우리네 인생 끝. / 늘 기도의 끝은 알 수 없는 / 의문의 덩어리로 남는다. / 우리네 존재여, 가을을 보내며 / 너를 찾는다.(〈가을을 보내며〉중에서)"는 성찰과 동시에 현실을 수용하는 서정성을 배제하지 않는다.

그가 다시 "밥 없이는 살아도 / 나는 시 없이는 못산다(〈시와 밥〉중에서)"는 비장한 각오와 함께 작품 〈낙엽을 다시 만나며〉〈만추의 여행〉〈낙엽〉〈낙엽을 밟으며〉등 자연서정에도 몰입하고 있어서 그는 천성적으로 서정시인임을 감지하게 된다.

늘 보는 청산아
나는 왜 닮지를 못하뇨

그대의 깊은 속에
잠기고 싶은데

청산아, 왜 자꾸 멀어지고
그리워만 하는가.

이 작품 〈청산아〉 전문에서 알 수 있듯이 그의 순수성과 순박성이 동시에 현현되는 함축된 기원의 의지가 그의 솔직담백한 시적 진실이라고 할 수 있다. '나'는 청산을 닮지 못하는 속인俗人에 대한 자괴지심自愧之心의 진솔한 발현이다.

일찍이 영국의 시인 T. S. 엘리엇은 이미 시의 세계로 들어온 철학이론은 붕괴되는 일이 없다고 했다. 그것이 진리이건 아니면 오류이건 이런 것은 이미 문제가 되지 않으며 의미하에서는 그 진리가 영속성을 유지하기 때문이라는 설명이다.

우리가 작품 속에 거창한 철학을 투영하지 않더라도 인생의 문제와 가치관의 지향성이 작품에 가미가 되어야 지적자양분이 함축된 의미(주제)를 독자들에게 제공할 수 있으며 그 시인의 혜안慧眼으로 창조된 인간의 진리라는 숙명적 과제에 대한 해법을 탐구하는 시정신으로 정립될 수 있을 것이다.

임진강을 넘어서
이종우 시와 산문집

지은이 | 이종우
펴낸이 | 임형오
펴낸곳 | 미래문화사

찍은 날 | 2012년 2월 10일
펴낸 날 | 2012년 2월 17일

등록 번호 | 제1976-000013호
등록 일자 | 1976년 10월 19일
주소 | 서울시 용산구 효창동5-421 1F
전화 | 02-715-4507, 02-713-6647
팩스 | 02-713-4805

전자우편 | mirae715@hanmail.net
홈페이지 | www.miraepub.co.kr
ⓒ 2012, 미래문화사
ISBN 978-89-7299-402-2 03810